RÊVER DEBOUT

LYDIE SALVAYRE

RÊVER DEBOUT

roman

ÉDITIONS DU SEUIL
57, rue Gaston-Tessier, Paris XIXe

ISBN 978-2-02-147713-9

www.seuil.com

Tout rêve est une lutte.

Victor Hugo,
Le Promontoire du songe

1

À Miguel de Cervantes Saavedra

Monsieur, je vous le dis tout net, je ne suis pas d'humeur à rire, et les façons dont vous traitez votre Quichotte ne sont pas de mon goût.

Vous prétendez que son cerveau, tout empli des fadaises qu'il a lues dans des livres et qu'il croit véridiques, l'amène à commettre des actes insensés.

Est-il insensé de considérer que la littérature n'est pas lettre morte, parure de cheminée, boniment inutile, mais plutôt lettre vive, ardente, expérience intime qui bouleverse la vie ?

Est-il insensé de se révolter contre les saloperies dont nous sommes témoins, et de leur livrer bataille avec les moyens du bord, quitte à se casser la gueule ?

Est-il insensé de vouloir se faire le rempart et l'appui des déshérités de toutes sortes, au risque de déplaire à la *Santa Hermandad* qui veille à ce que rien ne nuise à sa Très Sainte Église comme à sa Très Catholique Majesté ?

Préférez-vous que l'indifférence, la résignation ou l'abdication deviennent notre lot, et que nous regardions sans piper les misères des autres dès lors qu'elles ne nous regardent pas ?

Préférez-vous qu'on les dénonce tout en se gardant bien d'agir, comme s'y évertuent nos révoltés en toc – mine indignée, voix frissonnante et tenue savamment débraillée – pour se délecter ensuite de leur très fatale impuissance ?

Ou, pire encore, préférez-vous un monde où l'on ne croirait plus en rien, où l'on ne se vouerait plus à rien et où l'on s'en féliciterait avec plus ou moins de cynisme ?

Préférez-vous un monde où il n'y aurait plus motif à s'exalter, sinon devant la flambée des cours de l'Action Tencent ?

Un monde où l'enthousiasme, l'ardeur, le désir impérieux et sauvage ne surgiraient plus que devant le projet d'engranger toujours plus de dividendes ?

Pardonnez-moi, Monsieur, de m'adresser à vous avec les mots de mon époque, mais votre livre me ramène si furieusement à notre présent que je finis par oublier que quatre siècles nous séparent.

Un autre reproche, à l'instant, me monte aux lèvres. Pourquoi, Monsieur, expliquez-moi pourquoi, vous moquez-vous de votre Quichotte lorsqu'il ne s'accommode pas de ce qu'on appelle, pour aller vite, la réalité ?

Est-il insensé de s'insurger contre cette plate, cette pauvre, cette piteuse réalité ou qui se donne pour telle, et de lui préférer celle que l'on porte en soi, tellement plus vaste et désirable.

Ne pensez-vous pas que la réalité que nous appréhendons par nos yeux intérieurs, depuis nos forêts intimes, depuis nos Indes enchantées, depuis nos îles Bienheureuses et nos jardins du souvenir, ne pensez-vous pas que cette réalité-là donne à l'autre (celle dont les consensus déterminent la forme) une couleur et une saveur rares ?

Ne vous méprenez pas, Monsieur, sur le sens de mes mots. Je ne dis pas que don Quichotte cherche à imposer une illusion spécieuse en lieu et place de la réalité, comme quelques lecteurs distraits l'ont parfois avancé. Ou, pour l'exprimer autrement, que le Quichotte substitue sa petite vision subjective à une autre prétendument objective et affreusement rectangulaire.

Je dis, Monsieur, que le Quichotte perçoit parfaitement la réalité, mais qu'il la perçoit depuis ce que Victor Hugo appelle le promontoire du songe. Et depuis ce promontoire qui le porte aux confins du visible, la réalité qu'il découvre acquiert soudain

une autre dimension. Elle se transmue, s'élargit, se déploie, s'exorbite et prend parfois des aspects fantastiques.
Le Quichotte peut alors appréhender ce que la plupart d'entre nous ne voient pas. Il peut scruter l'obscur ; découvrir des abîmes là où d'autres ne voient que leurs pieds ; apercevoir l'horreur là où d'autres ne voient que des insignifiances ; et sur certains visages reconnaître une splendeur devant laquelle la plupart d'entre nous sont aveugles.
Il voit plus. Il voit grand. Il voit autrement.
Il voit tout ce qui, à la réalité, fait défaut.
Il voit, cher Monsieur, en poète, et jette sur le monde un œil très différent de celui du bovin.
Il voit l'inapparent, l'inimaginable. Il voit dans le normal l'anormal avec une acuité rare.
Il perçoit tout en nouveauté, et peut ainsi saisir l'étrangeté de certains objets que nos habitudes ont rendus familiers, découvrir un aspect inouï aux formes les plus bêtes, articuler entre elles les rapprochements les plus surprenants, ressentir proches de son cœur les plus inatteignables, très éloignées de lui celles à portée de main, et éprouver devant le monde ce sentiment d'étrangeté qui parfois nous assaille mais que nos routines écrasent à grands coups de talon.
Depuis le promontoire de ses songes où une tout autre lumière vient nimber les choses et les hommes, sa vision corrige en quelque sorte la myopie dont nous

sommes atteints lorsque nous les voyons uniquement éclairés par notre froide et sèche raison.

Est-ce cela, Monsieur, que vous appelez sa folie ?
Souhaitez-vous donc une vie délivrée de ses songes et de ses utopies ? Une vie entièrement vouée aux morales utiles ?
Souhaitez-vous que nous abandonnions tout ce qui a toujours tenu les femmes et les hommes debout, le goût du rêve, le goût du risque et la soif de choses nouvelles quel que soit le nom qu'on lui donne ?
Auriez-vous oublié que l'utopie est l'un des meilleurs adjuvants de la vie ?
Auriez-vous oublié qu'elle lui insuffle l'allant nécessaire pour s'avancer dans la nuit noire, forcer les murs de l'Inconnu, les renverser, les dépasser, et s'ouvrir à des langues étranges, des horizons insoupçonnés et de nouvelles Amériques ?
Auriez-vous oublié qu'elle constitue une impulsion inouïe pour la pensée qu'elle pousse dans le dos jusqu'à des terres inviolées ou laissées en jachère, en attendant qu'elle donne forme à d'inconcevables hypothèses ?
Ignorez-vous que les plus belles découvertes sont nées de ces explorations de l'impossible auxquelles se sont livrés quelques donquichottesques esprits ?
Et que les utopies les plus folles sont vouées à se réaliser un jour ou l'autre ? Toute l'Histoire, cher Monsieur, nous l'apprend.

Voulez-vous nous en déposséder en les frappant de discrédit, ainsi que s'y emploient aujourd'hui les adeptes cyniques de la realpolitik, qui ferment les yeux sur un monceau de saloperies afin de mieux tirer profit du monde comme il va ?

L'utopie est d'ailleurs un vocable que ces messieurs soigneusement éludent, ou qu'ils n'emploient qu'avec la plus extrême circonspection et toujours aux fins de le disqualifier (eux diraient : de le démonétiser), abandonnant son usage aux rêvasseurs en chambre qu'ils savent aussi inoffensifs que ces mouches qu'on chasse d'un revers de la main.

Ces messieurs, dont la race je crois n'est pas près de s'éteindre et qui travaillent sans fléchir à l'accroissement de leur pouvoir, préfèrent ne pas user de ce mot inquiétant qu'ils associent en tressaillant aux flammes du désir, au soulèvement des esprits et aux grandes ferveurs révolutionnaires, toutes choses qu'ils redoutent presque autant que leur ruine.

Moi ce que je crains, Monsieur, c'est que la carence en utopie de ceux qui nous gouvernent et qui se veulent réalistes, ne nous accule au pire si aucun nouveau don Quichotte ne déboule dans le paysage.

Je vous quitte sur ces propos inquiets dont vous ne pouvez comprendre la cause. Je reprendrai ma lettre dès qu'un peu de calme me sera revenu.

2

Une nuit est passée, cher Monsieur, et je ne suis toujours pas d'humeur à plaisanter, car votre obstination à malmener votre hidalgo, franchement, m'exaspère. Vous lui flanquez en guise de heaume un plat à barbe sur la tête. Vous l'accoutrez de chausses rapiécées. Vous l'équipez d'une lance rongée de rouille et d'une branche d'arbre en guise de hallebarde. Vous le faites monter sur un roussin efflanqué très judicieusement appelé Rossinante. Bref, vous lui donnez l'allure d'un pauvre épouvantail tout cliquetant de ferraille.
En l'exposant ainsi à la risée de tous, vous autorisez ceux qui se piquent de culture à s'étrangler de rire en évoquant le pantin ridicule qu'un idéalisme exacerbé conduit à prendre pour de très féroces géants de très anodins moulins à vent.
Petite mise au point pour fermer la gueule une fois pour toutes à ces ignares : les moulins à vent, à l'époque du Quichotte, représentaient une nouveauté et rien

n'était plus naturel que de les trouver déconcertants et fantastiques, et de se méprendre sur leur fonction. Comme il est naturel que nous soyons aujourd'hui déboussolés par les innovations technologiques dont on nous accable et que nous sommes loin de maîtriser, je parle d'expérience. C'est cette vitesse à laquelle le monde évolue et nous largue, aujourd'hui comme hier, c'est cette résistance qu'à tort ou à raison ces évolutions trop rapides éveillent en nous, que le Quichotte vient ainsi interroger à sa façon.
Je crois savoir, de plus, que les auteurs de romans de chevalerie que votre Quichotte admirait étaient si occupés à louer les vertus de leurs champions incomparables qu'ils négligeaient d'être précis quant aux géants qu'ils affrontaient. Ceux-ci étaient-ils ailés ? d'humeur agressive ? en lutte avec les dieux ? rivaux avec les hommes ?
Je disais donc que vous ne manquez jamais une occasion de rendre votre Quichotte grotesque et de le taxer de fou quand d'autres simplement l'appelleraient poète, philosophe ou génie.

Aussi, je vous prie de revenir un instant, Monsieur, sur votre jugement hâtif autant que désinvolte concernant sa folie.

Je vous accorde que votre Quichotte est fou, s'il est fou d'être généreux dans un monde qui ne donne jamais rien sans contrepartie, un monde pauvre en amour, pauvre en miséricorde et encore plus pauvre en pitié, (folie qui n'est pas, j'en conviens, à la portée du premier venu).

Je vous accorde qu'il est fou si c'est être fou que de choisir de vivre selon ce que vous dictent votre âme et votre cœur.

Je vous accorde qu'il est fou si la folie est le nom que l'on donne à ce qui, chez un être, subsiste encore de puissance visionnaire.

Je vous accorde qu'il est fou, si l'aliéné est un homme qui a préféré devenir fou, dans le sens où socialement on l'entend, plutôt que de forfaire à une certaine idée supérieure de l'honneur humain. C'est Antonin Artaud qui en donne la définition, et elle va comme un gant au Quichotte, lui qui ne peut que s'insurger contre toute injustice car il y va, déclare-t-il, de son honneur de chevalier.

Je vous accorde qu'il est fou si vous concevez la folie à la façon de Nietzsche : le masque qui cache un savoir fatal et trop sûr, et l'ultime recours des hommes supérieurs à qui ne s'offrent que deux issues : soit devenir fou, soit faire semblant, avec le risque de se laisser prendre au jeu, et parfois de s'y perdre.

Je vous accorde qu'il est fou, si vous tenez *Les Chants de Maldoror* et leur divin poison pour l'œuvre d'un dément victime du tréponème, ainsi que le bavèrent deux ou trois cuistres de son temps, des plumitifs à l'âme rance qui ne lui arrivaient pas à la cheville.

Veuillez m'excuser, cher Monsieur, d'évoquer ainsi devant vous les noms d'Artaud, Nietzsche ou Lautréamont que vous ne pouvez connaître. Mais je perds de vue régulièrement que vous êtes d'un autre temps.

Je vous accorde qu'il est fou s'il l'est aux yeux de ceux qui ne tolèrent des hommes aucune singularité ni aucune incartade, aux yeux de ceux qui les font brûler vifs sur les places publiques pour s'être détournés de la règle fixée par votre Sainte Église.

Qui d'ailleurs, cher Monsieur, détient la vérité sur la folie ? Qui décide de qui est fou et de qui ne l'est pas ? Certainement pas les Églises, ni les États, ni leurs polices, ni d'ailleurs les psychiatres.
Je réalise soudain que ces derniers n'existaient pas à votre époque, la folie n'étant pas alors considérée comme une maladie curable, mais comme le désordre d'une âme fêlée sous les coups de la volonté de Dieu ou du diable.

Les psychiatres (que j'ai beaucoup fréquentés lorsque j'exerçais moi-même ce métier), les psychiatres, depuis, ont prospéré, n'hésitant pas à apporter leur savoir-faire aux pires entreprises et provoquant chez de nombreux sujets plus de dégâts que de bienfaits. On sait, par exemple, que le menuisier Zimmer, qui hébergea le poète Hölderlin, fut mille fois plus compréhensif à son endroit et mille fois moins brutal que le docteur Johann Heinrich Ferdinand von Autenrieth qui le traita si bien dans sa clinique de Tübingen qu'il en sortit complètement anéanti. On sait aussi que le docteur Beer, qui tritura de son « scalpel merdeux » l'âme du pauvre Van Gogh, ne reconnut en lui qu'un schizophrène de type dégénéré, inconscient en ce qui concernait sa vie matérielle et incapable de surveiller ses intérêts et de faire prospérer ses affaires (ce sont les termes exacts de son rapport psychiatrique), tout ça pour avoir eu le tort d'aller peindre la nuit à la lueur de bougies qu'il avait fixées sur son chapeau afin de mieux contempler la beauté du paysage.

Je vous accorde à la fin qu'il est fou si le fait d'empêcher que l'on fasse violence aux plus faibles, et que l'on défende un valet contre la brutalité du patron qui l'emploie, vous paraît relever de la simple démence.

Pour vous amener, cher Monsieur, à changer de regard sur votre créature, je me permets de vous remettre en mémoire l'épisode auquel je viens de faire allusion :
Don Quichotte va chevauchant dans la campagne manchègue, écrivez-vous, lorsqu'il perçoit des cris plaintifs. Il tourne bride séance tenante et, spontanément, sans réfléchir, se précipite vers le lieu d'où proviennent ces plaintes.
Il découvre alors un jeune berger, nu jusqu'à la ceinture, attaché à un chêne et frappé à grands coups de ceinture par un vigoureux paysan.
Or toute atteinte portée à la dignité des hommes, tout traitement qui abaisse et humilie, toute violence qui brise les corps et les âmes, révoltent notre Quichotte et le font trembler de colère.
Homme sans vergogne, lance-t-il au paysan, de quel droit vous attaquez-vous à un malheureux sans défense ?
Le paysan, pris de court à la vue de cet escogriffe en armes, on le serait à moins, répond qu'il punit son valet pour s'être montré négligent et avoir eu l'audace de réclamer ses gages.
Mais le Quichotte est organiquement, biologiquement, épidermiquement incapable de consentir à l'injustice, et face aux raisons invoquées par le paysan, son sang ne fait qu'un tour. Il se fâche tout noir et somme ce dernier, sur un ton qui ne souffre pas de réplique, de détacher immédiatement son valet et de le payer sur

l'heure s'il ne veut pas finir transpercé d'une lance. Le Quichotte n'y va jamais avec le dos de la cuiller.

Impressionné, le fermier obtempère. Mais ne pouvant s'empêcher de mégoter, il propose de retirer de la somme due le prix des souliers qu'il a fournis à son valet ainsi que le prix des saignées pratiquées lorsqu'il était malade.

Réponse inouïe du Quichotte, digne d'un penseur marxiste :

Car s'il a abîmé le cuir de vos souliers, vous avez abîmé la peau de son corps ; et si le barbier lui a tiré du sang quand il était malade, vous, vous lui en avez tiré quand il était en pleine santé. Aussi ne vous doit-il plus rien.

Avez-vous bien lu, Monsieur, ce que vous écrivez ?

En 1604, votre Quichotte s'indigne contre ceux qui exploitent la force des autres, qui les usent, qui leur sucent le sang et qui les épuisent en vue de leur propre profit.

Et que le paysan en question se prévale de son statut de patron pour s'arroger le droit de punir son valet ainsi que bon lui semble comme celui de l'entuber en toute impunité (serait-ce une définition du patronat ?) ne l'impressionne nullement. Pire, il ne fait qu'accroître sa colère.

Marxiste je vous dis. Quelques siècles avant la révolution industrielle, avant le travail à la chaîne et les cadences infernales qui harasseront le corps et la pensée des ouvriers d'usine. Quelques siècles avant le film

de Chaplin *Les Temps modernes*, et avant les écrits de Simone Weil qui en diront l'horreur banale.
L'affaire lui semblant résolue, le Quichotte s'éloigne et disparaît dans la forêt.
Mais à peine a-t-il quitté les lieux, que le fermier qui sans aucun doute se pense bon chrétien (il ne manque jamais une messe), mais qui a quelques privilèges à défendre et une humiliation à venger, s'assoit chrétiennement sur la promesse qu'il a faite à don Quichotte, empoigne chrétiennement son valet par le bras, le rattache chrétiennement au chêne, et lui administre chrétiennement tant de coups, qu'il le laisse plus écorché encore et plus sanguinolent que saint Barthélémy.
Telle est la morale à l'œuvre dans l'Espagne de Philippe II que don Quichotte met au jour.
En intervenant de la sorte, votre hidalgo, Monsieur, ne corrige pas seulement une forfaiture qui contrevient quelque peu, convenez-en, aux enseignements de l'Évangile, mais il révèle cette logique qui fait accroire au paysan propriétaire qu'il n'est d'autre loi que la sienne, et qu'il est dans son droit le plus strict lorsqu'il brutalise violemment son subordonné et, de surcroît, le gruge. En résumé : que la raison du possédant est toujours celle qui l'emporte.
Est-ce cela, Monsieur, que vous appelez sa folie : dénoncer l'injustice et défendre ceux-là qui en sont les victimes ?

Pour vous démontrer que votre créature est loin d'être insensée comme vous feignez de le croire, comme vous feignez de nous le faire croire, mais qu'elle agit de la façon la plus noble et la plus raisonnable qui soit, je vous soumets ce deuxième exemple tiré de votre livre : Le Quichotte, écrivez-vous, croise un matin une colonne de galériens (que j'imagine semblables à George Clooney, John Turturro et John Goodman dans *O'Brother*, boulets aux pieds, tunique rayée rose et blanc, mais assurément bien moins fringants, bien moins glamour, bien moins sexy que ces derniers, et pour tout dire en piètre état), une colonne de galériens encadrés par les argousins de la *Santa Hermandad*, en route vers on ne sait quel port pour servir de rameurs aux galères du roi.

Le cœur du Quichotte se serre aussitôt à la vue de ces enchaînés qu'il appelle ses frères, et songe immédiatement à leur porter secours.

Il estime en effet qu'il a toute la légitimité à le faire. Un chevalier errant digne de ce titre n'a pas à vérifier si les enchaînés et tous les affligés qu'il croise sur sa route sont innocents ou coupables du malheur qu'ils endurent.

Un chevalier errant n'est en rien un prêtre, ni un politicien, ni un procureur, lesquels savent décider de qui est bon et qui est mauvais (mais bons ou mauvais pour qui, pour quoi, à quel point de vue, au regard de quels intérêts ?).

Un chevalier errant n'a pas du tout l'âme magistrate. Il ne dresse pas de réquisitoire. Et il ne juge pas, car la vie que Dieu a donnée aux hommes n'a pas à être jugée.
Simplement, il considère qu'il n'est pas bien que des hommes d'honneur se fassent les bourreaux d'autres hommes, ce sont les mots que vous lui faites prononcer. Et il veut rendre le juste pour l'injuste. Simplement cela. Qui est énorme.
Le Quichotte donc, en parfait gentleman, pardon : en parfait hidalgo, prie courtoisement les gardiens de la *Santa Hermandad* de délivrer ces malheureux.
Grossière erreur ! Les médiocres, c'est connu, ne comprennent que les ordres aboyés et les vociférations des brutes.
Les sentant peu réceptifs à ses idées philanthropiques et peu décidés à entamer une conversation de fond sur la question du mal chez Plotin, il tente cependant de les convaincre qu'il est monstrueux de rendre esclaves et de priver de mouvements des hommes que Dieu et la nature ont faits libres.
Les gardiens écoutent ce discours avec un petit air de commisération devant l'hurluberlu en armes qui l'a prononcé. Ce que constatant, le Quichotte s'emporte comme souvent, sujet qu'il est à des foucades, fulmine contre ces cœurs de pierre, frémit de la tête aux pieds, prend des airs furibonds, et tout soudain talonnant Rossinante, charge les archers (on dirait aujourd'hui

les représentants du Maintien de l'Ordre) qu'il tente d'assommer à grands coups de rapière.
Il ne songe pas un instant au risque de représailles qu'il encourt (celles-ci, du reste, ne tarderont pas).
Devant cette embardée, les galériens sont totalement abasourdis, tant la chose leur paraît incongrue, extraordinaire, inconcevable, tant est immense l'écart de comportement de cet énergumène au regard des normes national-catholiques en vigueur, tant il vient rompre brutalement le ban des saintes habitudes.
La stupéfaction passée, la magnanimité d'une telle conduite leur semble tellement inadmissible qu'ils en infèrent qu'elle relève soit de la folie, soit de la sainteté (les deux si proches), soit de l'idiotie (je rappelle au passage, mais vous le savez, que le mot « idiot » vient du grec qui signifie « singulier »).
De là à considérer qu'ils peuvent non seulement rejeter violemment l'extravagant chevalier qui les a libérés, mais abuser sans risque de ce qu'ils tiennent pour une faiblesse, il n'y a qu'un pas. Qu'ils franchissent.
Délivrés à présent de leur chaîne et constatant que le Quichotte est seul et sans défense (ce n'est pas la présence de Sancho qui pourrait les intimider), ils devinent très vite que l'individu qui a eu le courage insensé de s'attaquer à la Très Sainte et Très Intouchable *Hermandad* est de toute évidence un être qui inspire moins la terreur que la moquerie, un être vulnérable et facile à briser.

Ils en profitent alors pour se venger sur lui de leur propre misère et de leur servitude, comme les hommes souvent se vengent de leur sort sur leur chien, leur femme, leurs enfants ou la vaisselle en porcelaine.
Ressentant son courage comme une injure personnelle, ils le désarçonnent avec un zèle consommé, le flanquent à terre, le battent comme plâtre, font pleuvoir sur lui une pluie de cailloux, le dépouillent carrément de ses chausses le laissant le cul nu (vous le faites apparaître plusieurs fois, au cours de votre roman, dans son plus simple appareil, et je préfère m'abstenir, cher Monsieur, quant à l'interprétation d'une telle obsession par crainte de vous désobliger), puis détalent toutes affaires cessantes.
Alors cette question douloureuse, Monsieur, cette question qui depuis longtemps me taraude :
Pourquoi les gestes qui ont quelque noblesse appellent-ils autant de haine ?
Les médiocres sont-ils à ce point pusillanimes qu'ils ne pardonnent pas à ceux qui agissent avec élévation ?
Les punissent-ils d'avoir un comportement dont la hauteur ne révèle que mieux leur propre petitesse et leur obtuse mesquinerie ?
Les détestent-ils d'être ce qu'ils ne seront jamais ?
Pensent-ils qu'un acte généreux est le symptôme d'une âme molle, la preuve d'une nature peu virile, délicate, romantique, lettrée, encline à l'irréalité, d'une nature

féminine en somme, d'où les orages de coups qui, logiquement, s'ensuivent ?
Ou tiennent-ils leur propre indignité pour une supériorité indiscutable ? Posture relativement courante sous nos climats et qui se manifeste avec une rare vigueur au moment de nos élections présidentielles. Vous ignorez ce que sont des élections présidentielles ? Un concours de promesses, cher Monsieur, organisé pour donner l'illusion au peuple qu'il peut choisir son roi.
Le fait est que ces misérables – je parle des galériens qui ont tabassé le Quichotte pour se venger de leur faiblesse – reproduisent ainsi, sans en être conscients, le rapport de domination inscrit au plus profond d'eux-mêmes et dont ils sont cependant les victimes. Ce rapport étant le seul qu'ils n'ont jamais connu, il leur paraît aussi incontestable que les lois de la nature et ils ne désirent rien tant que le perpétuer (avec parfois une férocité proportionnelle au degré de servitude).
Tel est le terrible constat que vous faites.

Puis-je vous dire, Monsieur, que quatre siècles après, les choses ont fort peu évolué, même si elles ont pris des formes plus insidieuses et plus suaves en apparence, d'autant plus suaves qu'elles sont à présent presque assurées de gagner, je veux dire, de nous conduire au désastre.
L'on voit, en effet, chaque jour les populations les plus démunies apporter leur soutien à des pouvoirs

autoritaires qui, en les inondant de fables démagogiques et de discours conçus pour attiser les peurs, les abusent à leur propre avantage et les amènent à réclamer ce qui les subordonne et qui les chosifie.
Persuadés que les âmes se pétrissent comme le pain et qu'on peut leur faire accroire n'importe quel bobard, ils font passer leurs décrets, poussés à un degré rare de dégueulasserie, pour de la politique.
Reviens mon Quichotte !
Reviens vite avant qu'il ne soit trop tard.

3

L'histoire du vaillant chevalier à la Triste Figure, tout le monde aujourd'hui, cher Monsieur, la connaît. Dans les années 1600, un petit hidalgo célibataire, d'âge mûr, vivant modestement de ses terres (quatre arpents pour être précise) auprès de sa nièce et d'une gouvernante, éprouve une passion telle pour les romans de chevalerie et les prouesses des héros qui ont nourri ses rêves, qu'il décide un beau jour de tout planter pour suivre leur exemple.

Il va désormais mettre ses rêves à l'épreuve.
Il va leur donner corps.
Il va agir en sorte que les vertus sublimes des personnages de romans qu'il avait adorés ne soient pas, selon sa propre expression, comme la foi sans les œuvres : du vent !
Si la beauté, l'honneur et le courage, célébrés dans la littérature, ne se retrouvent pas dans les actes de

chaque jour, s'ils ne sont que clause de style, verbiage lyrico-poétique et en contradiction flagrante avec les gestes de la vie : alors, à quoi bon les livres ?

Le Quichotte va sauter le pas. Il va s'arracher à sa bibliothèque emplie de ces romans où tout était merveille, où les sources étaient pures, les épées d'émeraude, les princesses captives d'un charme renversant, leurs sauveurs héroïques et toujours bien coiffés, les cieux azuréens et les aurores roses.

Et il va Vivre enfin, ce qui s'appelle Vivre.

Il va se confronter au monde, le prendre à bras-le-corps, l'étreindre, le goûter, le toucher, le humer, sentir battre son pouls. Il va s'y coller, s'y frotter, s'y tremper, s'y vautrer quelquefois, y risquer sa carcasse, l'empoigner pour de bon avec tous les aléas et les dangers que cet empoignement engendre, le heurter d'autres fois de tous ses muscles et tous ses nerfs, le mordre et l'attaquer s'il vient à bafouer certains de ses principes. Il va s'engouffrer tout entier dans l'humaine cohue, avec son esprit tout entier et sa sensibilité tout entière ; et il va frayer avec des vivants, toutes sortes de vivants, des bergers, des muletiers, des laboureurs, des aubergistes, des ducs, des duchesses, des duègnes, des paysannes, et peut-être, avec un peu de chance, avec quelques monstres féroces.

C'est de cela, désormais, qu'il a faim.

Si l'encre a tué les mots en les fixant sur la page, que le texte retourne à son immobilité de mort !

Et que les lecteurs inattentifs se détrompent. Non, non et non ! Le Quichotte n'est pas le songe-creux, le lettré lunaire, le collectionneur de nuées que quelques commentateurs pressés ont cru déceler en lui. Assez de cette tromperie qui n'a que trop duré ! Il n'est en rien l'évaporé, l'illuminé, le rêveur déboussolé et étranger au monde auquel certains, par paresse d'esprit, l'ont réduit. Ou pire : un affabulateur doublé d'un fouteur de merde. Non, non et non.

Son utopie, le contre-monde qu'il appelle de ses vœux, il va les réaliser ici et maintenant, dans un présent instamment présent, sans ajourner au lendemain ce qu'il considère comme étant sa vocation sur terre.
Il va s'engager tout entier dans cette tâche qui lui est échue et pour laquelle il se croit appelé.
Et cet engagement va constituer pour lui un saut vertigineux, une rupture radicale.
Désormais donc, cette littérature qui fut sa passion, cette littérature qui lui avait offert un monde idéal, sans ronces, sans accrocs, sans laideurs ni lourdeurs, mais cruellement privé de la présence humaine, du vivant des paroles et de ces choses ineffables que sont le grain d'une voix, la beauté d'un regard ou la

géographie des rides d'un visage, désormais donc cette littérature ne sera plus lettre morte.
Elle ne moisira plus dans une bibliothèque devenue trop étroite pour contenir ses rêves et dans laquelle le soleil ne pénétrait qu'à peine.
Cette littérature dont il s'est abreuvé, il va la porter à la vie, il va la jeter à l'air libre, il va la secouer, il va l'épousseter.
Il va la salir.
Et qu'elle vive ! Qu'elle vive bon Dieu ! Et qu'elle s'enivre d'air ! Et qu'elle s'empare à pleines mains de la réalité foisonnante ! Et que le corps du texte s'incruste dans le corps de chair, et le fasse trembler, et le fasse pâlir et le fasse jouir ! Et que les deux s'étreignent ! Et que les joies et les chagrins commencent !

Il n'y a pas d'autre poésie que l'action réelle, écrivait, dans son livre *Qui je suis*, l'insolent Pier Paolo Pasolini. Vous ignorez qui est cet homme ? Un poète, écrivain et cinéaste assassiné en 1975 sur une plage d'Italie et dont l'œuvre rageuse ne cesse de me tendre la main. Un don Quichotte à sa manière, cher Monsieur. Mais revenons à l'unique, à l'original. Au vôtre.

Au vôtre qui a décidé de s'engager dans le monde corps et rêve, en espérant que les fictions littéraires qu'il a lues avec ravissement deviendront ainsi réalité.

Le rêve, on le sait depuis Sigmund Freud – un autre inconnu de vous, bien évidemment, mais supportez je vous prie de ne pas tout connaître –, le rêve contourne astucieusement la censure, c'est là toute son intelligence.
Le rêve est inemployable, oiseux et aussi inutile que les lis des champs, c'est là toute sa beauté.
Le rêve, comme l'amour, nous demeure un mystère quelles que soient les décortications auxquelles sur lui on se livre, c'est en cela qu'il est fécond pour l'art.
Le rêve coule en nous telle une source occulte qui bonifie nos sols sans que nul en surface devine la cause d'un tel foisonnement.

Le Quichotte va greffer son rêve libre, inutile, mystérieux et fluidique sur une réalité concrète, brutale, exiguë, parfaitement calibrée, et très souvent détestable.
Il va ainsi faire le pari d'élargir la réalité aux dimensions de son rêve, quitte à un peu abîmer ce dernier, à un peu le plomber, à un peu le ternir. À le trivialiser.
Il va rêver debout.

Il va s'efforcer en somme de réaliser ce vers quoi nous essayons tous plus ou moins d'aller : hybrider, ajuster, ou tout au moins tenter de nouer ensemble le rêve et la réalité.

Ce qui revient, disent les pessimistes, à recouvrir les latrines de lapis-lazuli.

Ce qui revient, disent les optimistes, à engendrer enfin cette alchimie dont nous sommes, depuis si longtemps, orphelins.
Car à en croire Gilles Deleuze – un philosophe français né bien après vous, Monsieur, et que j'affectionne tout particulièrement –, cette union si précieuse entre la pensée et les actes, entre le travail de l'esprit et celui de nos corps, la bêtise bourgeoise y a mis un point final. Si bien que nous ne pouvons plus, présentement, la concevoir, déplore-t-il. Si bien qu'il ne nous reste plus que cette alternative tragique : des vies trop sages pour un penseur, ou des pensées trop folles pour un vivant.

Depuis longtemps, le penseur occidental ne se salit plus les mains ni le corps.

Depuis longtemps, la promotion de la vie spirituelle se fait sur le discrédit de la vie matérielle, jugée vulgaire, imparfaite, aussi périssable que nos os, et de laquelle on se détourne avec dégoût pour s'engouffrer dans le ciel pur des abstractions, un ciel bien dégagé, bien limpide et parfaitement préservé des sales intempéries du réel.

Depuis longtemps la vie de l'âme est jugée supérieure à la vie du corps. Pour preuve : l'expression française « aller du corps » qui signifie chier.

Depuis longtemps, le gouffre entre ce que nous vivons chaque jour et ce que nous concevons dans nos têtes s'est creusé jusqu'à se faire abîme, bien que certains aient tenté désespérément d'aller contre, bien qu'Antonin Artaud se soit ingénié de toutes ses pauvres forces à refuser un tel divorce :
« Je ne conçois pas d'œuvre comme détachée de la vie... Je voudrais faire un livre qui dérange les hommes, qui soit comme une porte ouverte et qui les mène là où ils n'auraient jamais consenti d'aller, une porte simplement abouchée à la réalité. »

Le Quichotte va tenter d'ouvrir cette porte abouchée à une réalité qu'il a trop longtemps délaissée.

Désormais donc, il ne restera plus à la porte du monde.
Désormais donc, il ne se tiendra plus à l'abri de ses menaces, de ses douleurs, de ses hideurs, de ses blessures, ou de ses joies si fortes qu'elles provoquent l'effroi.
Il va aller à lui.
Il va l'habiter, au sens plein de ce mot.
Et ce monde qu'il va habiter et pour lequel il va se battre sera un monde vivant ici et maintenant, et

non un simulacre de papier traversé d'ombres évanescentes ; un monde tangible, concret, rugueux, et cruel sans doute, et imparfait sans doute, et retors sans doute, et décevant sans doute, mais peuplé d'hommes et de femmes faits de chair et de songes, et non de créatures brumeuses qui s'évanouissent dans l'espace sitôt le rêve refermé.

Le Quichotte va se battre pour ce monde vivant parce qu'il éprouve le désir profond, le désir pressant et farouche d'y accomplir quelque chose de grand grâce à quoi il pourra se regarder en face le reste de ses jours, quelque chose qui ait de la gueule, quelque chose de hardi, d'héroïque, quelque chose d'exemplaire et qui laissera une empreinte ineffaçable dans l'Histoire.

C'est donc décidé, il se tiendra désormais à hauteur d'hommes. De plain-pied avec eux.

Finie la vie factice, la vie d'emprunt et ses fallacieuses promesses.

Finies les aventures par procuration.

Finies les intentions louables que l'on déclame à l'heure du pousse-café sans risque aucun de les voir appliquées ; finies les divagations qui n'engagent à rien ; finies les exaltations en chambre, les douillettes nuées, et les grands sentiments d'essence, en général, très volatile.

Fini le monde feuilleté.

Lui le rêveur magnifique, lui qui avait pour oreiller l'infini, va endosser tout le poids de la réalité et l'éprouver en son âme et son corps.

Il vient ainsi, incidemment, nous rappeler que les machines informatiques qui pullulent aujourd'hui dans notre quotidien et que vous ne pourriez absolument pas imaginer, cher Monsieur, ces machines, dont nous sommes devenus en quelque sorte les prothèses, nous séparent chaque jour davantage de cette expérience physique, charnelle, sensible, des autres et du monde dans laquelle votre hidalgo va désormais s'aventurer.

Don Quichotte va exister enfin. Mais exister, s'affronter, se cogner au vivant, s'y blesser, s'engager dans cette putain de vie qui peut nous causer autant de mal que de bien, cela ne se fait pas, vous le savez mieux que quiconque, sans écorchures ni douleurs.

Je vous parlerai dans une prochaine lettre de ces douleurs que vous faites mauvaisement subir à votre Quichotte.

4

J'ai relu une partie de votre livre cette nuit, Monsieur, et ma colère contre vous au lieu de s'atténuer est encore montée d'un cran, je suis navrée de vous l'apprendre.

Non content de rendre votre Quichotte ridicule, vous faites en sorte qu'on le bastonne, qu'on l'écrabouille, qu'on l'aplatisse, qu'on l'assomme, qu'on le rosse, qu'on le perfore, qu'on l'égorge, qu'on le bafoue, qu'on lui casse les dents, qu'on lui lance des pierres, qu'on le mette en morceaux, qu'on le lynche, qu'on le conspue, qu'on lui crache sur l'âme, qu'on le tourmente et le violente de trente-six mille façons, et cela, pour mieux lui écraser le nez sur la réalité et lui apprendre à vivre, comme le disent les esprits vulgaires.

En un mot, Monsieur, vous le martyrisez.

Avec un plaisir cruel, vous le faites chuter de son cheval un nombre de fois incalculable, vous le faites

piétiner par un troupeau de taureaux sauvages, tant qu'à faire ! vous lui lancez un chat à la figure qui lui déchiquette le nez, vous le laissez, deux heures durant, suspendu par le bras à une lucarne, et pour l'humilier plus encore, vous allez jusqu'à lui poser sur la tête un heaume dans lequel Sancho a caché un fromage qui lui dégouline sur la face.
Vous semblez vous complaire, Monsieur, à lui faire du mal. C'est du sadisme pur, je ne suis d'ailleurs pas la seule à le penser. Et cela, croyez-moi, ne m'amuse nullement.

Pourquoi lui réservez-vous un sort aussi constamment cruel ?
Qu'a-t-il pu offenser pour que vous le punissiez ainsi ?
Que lui faites-vous donc payer ?
Désirez-vous sa mort pour en finir avec un livre dont vous êtes lassé ?
Ou voulez-vous décourager ceux qui espèrent encore qu'il existe des exceptions à l'écrasement général, qu'il existe des personnalités suffisamment singulières, intrépides et libres pour ouvrir des brèches dans l'étouffoir organisé ?
Voulez-vous réduire au silence tous ceux dont les paroles et les actes vous semblent déplacés parce qu'ils s'opposent à vos logiques indiscutables comme ils s'opposent à ceux qui font et défont l'opinion ?

Est-ce une façon de leur glisser à l'oreille : voyez ce qu'il vous en coûtera si vous vous insurgez d'une manière ou d'une autre ! Efforcez-vous donc d'être lâches ! Et apprenez à vous accommoder du monde comme il va !

Seriez-vous de ceux (chaque époque a les siens) qui punissent les rêveurs de rêver d'un autre présent que celui auquel la plupart, tristement, se résignent ?

Seriez-vous de ceux qui veulent mettre au pas, à coups d'épées, à coups de peurs, à coups de pubs, à coups de diagnostics psychiatriques ou d'intimations politico-économico-religieuses, tous ceux-là qui s'écartent des chemins balisés ?

Ou bien pensez-vous que cette violence féroce que vous faites subir au Quichotte page après page aurait le surprenant pouvoir de mettre vos lecteurs en joie ?

Excusez-moi, Monsieur, mais je ne peux m'empêcher de vous le répéter : cette violence que vous lui infligez n'est en rien amusante : elle est tout simplement odieuse, et me consterne au plus haut point, accordez-moi la liberté de vous le dire.

Un psychanalyste de mes amis me murmure à l'instant que nuire physiquement et moralement à ses semblables constitue une jouissance pour un grand nombre de sujets, c'est ce qui ressort d'études cliniques sérieuses ; puis d'ajouter que le spectacle de la souffrance procure aux mêmes une forme de plaisir sombre et, semble-t-il, fort apprécié. D'où le succès du Christ crucifié avec un petit pagne suggestif sur la bite (une bite tout ce qu'il y a de plus humaine), ou des émissions télévisées telles que Koh-Lanta ou Fort Boyard dont les audiences sont proportionnelles à la cruauté des sévices infligés à leurs candidats, mais vous ne pouvez comprendre.

Je vous concède, Monsieur, que le contexte dans lequel vous évoluez ne prédispose guère aux attendrissements.

Toute fête, à votre époque, est parfumée de sang, et chaque mise à mort, un spectacle.

L'Inquisition, depuis 1478, bannit, emprisonne et pratique sans modération les exécutions, la torture et la mise au bûcher.

L'Inquisition a fait de la chasse à l'homme le grand safari national. Lequel consiste à traquer tous ceux-là – et ils sont en nombre – qui prêtent au soupçon : nouveaux chrétiens, protestants, parjures, pédérastes, mécréants, apostats, *alumbrados* (illuminés), blasphémateurs, impies, fornicateurs, voluptueux, dépravés, idolâtres, impudiques, lapsi, relaps, bigames, catholiques non sincères, sorcières adoratrices du Grand Bouc, sodomites abjects, malades mentaux possédés par le diable, tous gens de mœurs infâmes, tous esprits infernaux et incarnations du Malin, dont il faut nettoyer sans pitié la Toute Pure Espagne.

L'Inquisition bâillonne les bouches en même temps qu'elle incite à la délation des plus abominables d'entre les mal-croyants : les juifs déicides hypocritement convertis et les fanatiques de la secte mahométane. Et cette délation érigée en devoir patriotique engendre en conséquence un peuple de mouchards et d'espions : instruments de la volonté divine, faut-il le préciser.

L'Inquisition est tellement puissante qu'elle brave la justice civile en toute impunité, mais pour le plus grand bien de sa Très Sainte Église, et s'attire l'assistance de tous ceux qui la redoutent et rêvent de lui appartenir, ce rêve constituant pour certains la plus haute ambition qu'ils nourrissent.

Elle peut même aller, en guise de châtiment, jusqu'à confisquer en tout bien tout honneur la fortune de ceux-là qu'elle suspecte : argument extrêmement motivant et qui donne à quelques-uns des idées, comme on dit.

Très créative et inspirée dans ses projets macabres, elle oblige ces mêmes suspects à revêtir une tunique appelée *sambenito* sur laquelle sont consignés leur nom et la nature de leur crime. Tunique d'infamie qui, à la mort des coupables, doit être exposée dans les églises, afin de rappeler à tous le nom des familles proscrites et entretenir ainsi, sur plusieurs générations, la mémoire de l'opprobre. Comme ignominie, on a rarement fait mieux.

Toute œuvre, vous le savez, est datée et fille de son époque, idem pour le sens qu'on lui donne, qui fluctue, s'éclaire ou s'obscurcit, s'affadit ou s'aiguise, bref se recrée sans cesse avec l'esprit du temps et les préjugés qu'il charrie. Mais quel que soit, Monsieur, le contexte dans lequel vous concevez la vôtre et dont nous devons, bien entendu, tenir compte, et malgré les circonstances atténuantes qu'il me paraît juste de vous accorder, je suis au regret de vous annoncer ceci : Vous vouliez offrir aux lecteurs un Quichotte piteux, eh bien, Monsieur, c'est raté ! Votre Quichotte est tout simplement touchant. Sa fragilité dans ce monde de brutes ne peut que nous attendrir, tout en nous amenant à réfléchir sur les raisons de la violence qu'il endure.

Vous vouliez jeter le discrédit sur sa geste ? C'est encore raté. Car ce qu'on retient d'elle, c'est l'inflexible, la scandaleuse, l'infatigable force d'insurrection qui l'anime.

Qu'importe en effet au Quichotte qu'on le foule aux pieds comme on foule la vigne, ou qu'on le frappe jusqu'à lui rompre les côtelettes. Qu'importe qu'on le moque ou qu'on le berne. Qu'importe qu'on le juge insensé. Et qu'importe qu'il soit l'objet de l'incompréhension la plus épaisse (il ne s'en plaint d'ailleurs jamais et ne fait rien pour être compris, il semble parfois même se complaire à ne pas l'être).

Rien ne l'échaude ni ne le décourage, et sa détermination ne faiblit pas d'un millimètre.
Des rustres l'ont mis à terre ? Notre Quichotte, bien que moulu et tout en sang, se relève, souillé de boue et quelque peu sonné, rassemble son hétéroclite attirail, et dans un cliquetis de casseroles (c'est moi qui le dis), enfourche péniblement son canasson.
Si cruellement endolori qu'il soit, il repart au combat avec ce qui lui reste de forces, inébranlable et fidèle au pacte intérieur qu'il a passé avec lui-même, avec cette exigence insensée qui est incompréhensible aux autres, cette exigence regardée par les autres comme une forme de démence, et cependant sans laquelle la vie à ses yeux ne vaudrait rien. Si cette exigence-là n'habitait pas certains, y aurait-il des artistes, Monsieur ? Y aurait-il des poètes ? Y aurait-il des inventeurs de génie ? Y aurait-il des chefs-d'œuvre immortels ? Le Greco, votre contemporain, aurait-il peint *Le Martyre de saint Maurice* ? Et vous-même auriez-vous écrit *Don Quichotte de la Manche* ? Je m'emballe, Monsieur, j'ai une certaine propension à m'emballer.
Il repart au combat, disais-je, avec la dernière énergie, parce que combattre, assure-t-il, le repose, mais surtout parce qu'il se sent requis par la volonté impérieuse d'améliorer le monde, une volonté que rien ni personne ne saurait infléchir.

Et si son corps est meurtri, son âme, elle, dressée contre toute défaite et contre toute résignation, demeure droite comme une lame. Il peut alors se déclarer à lui-même avec une satisfaction légitime : *S'il n'a pu accomplir de grandes choses, il est mort de les avoir entreprises*.
Le Quichotte ne rend jamais les armes, car seule la mort peut éteindre la passion qui le brûle. Que cette posture paraisse exagérée, grandiloquente et irréaliste à ceux qui jamais ne connaîtront ce feu, je le comprends. Mais à ces timorés, à ces âmes frileuses, je dis ma très sincère compassion.

Des muletiers l'ont mis en pièces ? Le voici qui reprend la bataille, pantelant, étourdi, déglingué, mais remonté comme une pendule et toujours bouillant d'un élan juvénile. Car il a la peau dure le Quichotte. Car il a mangé du lion, du lion littéraire, s'entend. Car c'est un obstiné. Un coriace. Comme ma mère. Il n'est pas espagnol pour rien. Pas du genre à baisser les bras ni à abandonner la partie.
La résignation, connaît pas !
Le Quichotte se relève donc en se tâtant les fesses, ramasse son barda dans un bruit de ferraille, puis accomplit les gestes rituels qui donnent du courage, les gestes de haute tenue d'une liturgie guerrière empreinte de mystère et que j'imagine semblable à celle que l'on voit dans le film de Rohmer *Perceval*

le Gallois. Il baise son écu (avec un sérieux tout papal), repositionne sa salade (munie d'une visière en carton), empoigne d'une main majestueuse sa lance (toute rongée de rouille), et de l'autre sa targe (tout aussi mal en point), enfile son gorgerin (moisi et trop étroit), ajuste son corselet (usé jusqu'à la corde), astique son plastron (gris de poussière et de sueur), prononce une phrase pompeuse (en dépit de ses dents cassées), puis très dignement enfourche sa monture.

Et sus aux malfaisants qui abusent des faibles !

Le Quichotte repart au combat sans s'enliser dans des délibérations infinies sur les motifs de son geste et sans peser durant des heures tous les pour et les contre qui pourraient le freiner ou l'empêcher d'agir.

Picasso disait qu'il pensait avec ses yeux, le Quichotte pense avec son corps, avec son cœur, avec ses nerfs, et ne médite pas, à chaque pas, sur les raisons qui le meuvent.

Pas d'idées préconçues. Pas d'anticipation. Pas de doctrine. Pas de système. Pas d'interprétation papa-maman-œdipe-castration-inceste.

Il va au combat sans aucun pourquoi ni aucun parce que.

Les pourquoi comme les parce que ont le don de tenir les expériences à distance et il semble, du reste, qu'ils soient faits pour cela.

Or c'est précisément pour s'arracher à l'attrait de ces cogitations en chambre que le Quichotte s'est levé, et a quitté douloureusement, courageusement, méritoirement sa bibliothèque, rompant ainsi avec tout ce qui, jusqu'ici, constituait sa vie.

À présent, il explore, il découvre, il expérimente, tout en se gardant d'échafauder de subtils et intelligents alibis qui pourraient le conduire à se raviser, à se décourager, à démissionner ou à fuir.

Et il se jette dans l'action comme on se jette à l'eau, seul, frontalement, sans rien entre lui et le risque, mais armé d'une volonté inflexible et d'un courage à toute épreuve ; ce courage qui se situe à mi-chemin de ces deux extrêmes du vice que sont la couardise et la témérité (ce sont ses mots) ; ce courage qui est toujours un saut dans le vide et toujours un commencement, nous dit Jankélévitch ; qui est toujours un pari à pile ou face, dit encore ce dernier ; ce courage qui ne regarde ni à gauche, ni à droite, ni derrière, mais qui fait face dans l'instant, sans biaiser, ni reculer, ni faire des périphrases, et risque le tout pour le tout de la vie ; ce courage sans lequel les autres vertus ne seraient que fumées, sans lequel les autres vertus ne pourraient qu'avorter ou rester impuissantes (que vaudrait le sens de la justice du Quichotte sans son courage de le traduire en actes ?) ; ce courage qui est la condition même de la liberté, qui est le geste même de la liberté.

D'où ces aphorismes que je vous propose car ils sonnent donquichottesquement à mes oreilles et ne devraient pas, je crois, vous déplaire :
Le premier : Pas de littérature sans liberté.
Le deuxième : Pas de liberté sans courage.
Et ce troisième qui découle des deux autres : Pas d'écrivains sans courage. De cela, cher Monsieur, je suis sûre. C'est même l'une des rares choses en ce monde dont je sois vraiment sûre.

Le Quichotte repart à la charge courageusement et sans l'assentiment d'aucun pouvoir, sans aucune accréditation, ni aucune tutelle, ni aucune autorisation, ni aucun sponsor.
Devant les mouvements de son cœur et le tribunal de sa conscience, ces autorités-là pour lui ne pèsent rien. Il les ignore. Souverainement il les ignore. Ou s'en défie comme il se défie de toutes les machines de pouvoir, et particulièrement de celles qui sont, à son époque, les plus incontestables : celle de l'Église, celle du Roi et celle de la Justice.
Jamais, en tout cas, il ne se réclame d'elles. Jamais il ne brandit leur emblème aux fins de justifier ses actes. Jamais il n'en revêt les insignes. Tout se passe comme si ces puissances n'avaient sur lui aucune prise, comme si elles étaient absolument étrangères à une certaine idée qu'il se fait de la grandeur.
Anar, je vous dis qu'il est.

Anar jusqu'à la moelle.
On n'usait pas, je sais, de ce vocable à votre époque et, à la nôtre, on en use souvent avec un certain mépris. La chose que par ce mot je cherche à signifier, c'est que le Quichotte n'est nullement impressionné par ceux qui représentent ces autorités temporelles, ceux qui les servent en aveugles et qui en portent l'uniforme : les bedeaux, archevêques, diacres, chanoines, archers de la *Santa Hermandad* et toute la curaille espagnole. Comment peut-on être impressionné par un costume ? Un costume, ça se jette, que je sache. Et une fois jeté, qui peut distinguer le sage du dément ou le riche du pauvre ?
Il en va dans la comédie de ce monde (comme au théâtre), *où les uns font les empereurs, d'autres les pontifes... Mais quand arrive la fin de la représentation, c'est-à-dire lorsque la vie s'achève, la mort leur enlève ces costumes qui les différenciaient les uns des autres, et ils se retrouvent tous égaux dans la tombe*. C'est le Quichotte qui parle.

Petite illustration de ses penchants libertaires que je m'autorise, cher Monsieur, à vous soumettre.
Lorsque le Quichotte tombe nez à nez, pour la deuxième fois, sur les argousins de la *Santa Hermandad*, dont l'un brandit le mandat d'arrêt décrété contre lui au motif gravissime qu'il a rendu la liberté à des galériens (un geste qui serait qualifié aujourd'hui « de

crime ou de délit de complicité d'une personne qui, sciemment, par aide ou assistance, en a facilité la préparation »), il perd aussitôt son calme.

Comme lors de la première rencontre et devant un accueil aussi peu engageant, il s'agite, s'échauffe, fait cliqueter ses éperons (ce qui dénote chez lui un violent agacement), lance des flammes par ses yeux, puis, n'écoutant que son cœur, fonce sur eux à bride abattue et saute à la gorge du plus zélé. (Ce qui reviendrait aujourd'hui à attaquer un car de flics.)

Après quoi, il agonit ces argousins d'un flot d'invectives virulentes dans les termes que voici : *Ah ! race infâme, bien trop vile et grossière pour que le ciel daigne vous révéler la valeur de la chevalerie errante... Approchez, bande de voleurs et non d'archers, détrousseurs de grands chemins...* (Ce qui serait qualifié aujourd'hui d'outrages à agent et d'injures à la force publique.)

Il apparaît clairement, à la lecture de cet épisode, que non seulement le Quichotte ne se réclame jamais des autorités en place pour légitimer ses actions, mais qu'il peut les pourfendre sans le moindre état d'âme s'il les estime injustes, malvenues ou horriblement barbares. C'est ce que j'exprime, peut-être de façon réductrice, en le déclarant anarchiste.

N'ayant, en tout cas, rien à perdre, aucune position à préserver coûte que coûte, aucun abri réconfortant pour y croupir en paix.

Vivant de peu.
Soucieux des autres.
Engageant une lutte sans merci contre les salauds de tout poil.
Sans se tenir à nulle rampe, sans nulle forme de prudence, sans nulle précaution, sans nulle certitude de vaincre, sans nulle rétribution, sans nulle arrière-pensée, sans nul arrière-calcul et sans la ratification de personne.
Mais poussé par une nécessité intérieure et cette énergie sauvage, cet emportement, ce feu qui est l'un des traits les plus marquants de sa personne. Ce feu qui tire sa force du rêve chevaleresque qui a imprégné tout son être, qui a mûri dans ses tréfonds, qui s'y est enraciné, qui s'est lentement transformé comme la graine dans la terre, et qui a fait de lui cet homme dont l'amour de la liberté et le sens de la justice sont inscrits dans la chair, dans les os, et jusque dans la moelle.

Le plus remarquable chez lui, le plus exceptionnel, c'est que, dans cette volonté rageuse de détourner le cours des choses lorsqu'elles lui semblent aller dans le mauvais sens, dans cette volonté d'accomplir sans démordre quelque chose de beau, de grand et d'à jamais inoubliable, il n'escompte nulle gratitude, nulle médaille, nulle flatterie, nul applaudissement ; il ne brigue nulle promotion, nulle distinction, nulle reconnaissance ; il n'attend nul avantage, nul retour sur investissement ainsi que disent nos modernes.

Le Quichotte est foncièrement sincère et foncièrement désintéressé.
Éthiquement irréprochable, ou presque. C'est agaçant.
Le seul problème, c'est qu'il essuie des plâtres plus souvent qu'à son tour.

5

Car le Quichotte n'est pas infaillible, vous insistez pesamment, Monsieur, sur ce point, comme si vous y preniez je ne sais quel plaisir mauvais.

S'il est vrai que le Quichotte s'expose, se mouille, et va au charbon avec une témérité et une vaillance rares – existe-t-il d'autres façons, Monsieur, de faire bouger les choses ? –, il endure dans tout son corps la vérité vraie d'une bataille, autrement dit il se ramasse une fois sur deux et s'en prend plein les gencives, à la différence de ces embusqués qui, prodigues en péroraisons subversives, se croient dispensés de remuer le petit doigt, lequel repose sur un verre de charmes-chambertin qu'ils sirotent, les yeux mi-clos et l'air pénétré dans leur salon cosy et devant un feu de cheminée, si faire se peut.

Chaque jour, le Quichotte se heurte à de nouveaux ennemis et de redoutables obstacles, à croire qu'ils le fascinent, qu'il les désire, et qu'il se délecte par

avance d'avoir à les combattre. Serait-il un amateur de déboires, acharné à gâcher sa vie ? Ou se réjouit-il des embûches qui entravent sa route parce qu'elles lui fournissent l'occasion de révéler en lui des forces ignorées et qui l'amènent à se hisser au-dessus de lui-même.
Chaque jour, il trébuche, se casse la figure, s'empêtre les pieds dans les étriers, se prend râteau sur râteau, quand il ne se fait pas rosser comme le dernier des minables ; et revient de ses incursions bien plus mal en point qu'il ne l'était à leur départ.

Comment comprendre ces échecs ?
Le Quichotte les provoque-t-il pour s'épargner la honte d'un triomphe ? Car qui triomphe, Monsieur, sinon les tricheurs et les malhonnêtes ?
Cherche-t-il à expier un crime ? le crime d'être vivant ? trop vivant ?
Ou cherche-t-il à s'immoler, à s'offrir en sacrifice, dans l'exaltation de ce dolorisme chrétien qui conduisit mon cher Pascal à s'entourer la taille d'une ceinture à clous ?
Quelles obscures raisons l'amènent à essuyer tant de déculottées ? Et où prennent-elles leur source ?

Ses échecs récurrents ne laissent pas de m'intriguer, cher Monsieur, et bien que je n'ose avoir l'impudence de vous expliquer votre livre, j'aimerais toutefois tenter de remonter le cours des causes qui conduisent le Quichotte à autant de défaites un peu plus exhaustivement que vous ne le faites.

Vous le savez mieux que personne pour avoir été l'objet d'une ignoble usurpation, tout lecteur passionné, et je le suis infiniment, engage un processus de dépossession de la paternité d'une œuvre. Il la squatte, il l'habite, il se l'approprie, il la remodèle et la détourne à des fins toutes personnelles. En un mot, il l'exploite. Ce que je fais sans l'ombre d'un scrupule.

De mon point de vue donc, l'une des causes les plus flagrantes des échecs du Quichotte est qu'il ne sait, ou ne peut, ou ne veut évaluer les rapports de force. Il ne sait, ou ne peut, ou ne veut comprendre que l'importance ou la faiblesse des moyens sont le nerf de la guerre, et que la cause la plus noble ne peut être gagnée si elle n'a pour soutien un peuple, un parti, une armée, des frères, des adeptes ou une troupe d'affiliés fanatiques.

Le Quichotte, lui, veut la fin sans disposer de moyens. Or la situation est la suivante : d'un côté un chevalier frêle, esseulé, harnaché à la diable, ne tenant jamais compte du nombre de ses ennemis et totalement inexpert en stratégie guerrière ; de l'autre une réalité inconnue et toute hérissée d'obstacles dont quelques-uns terrifiants.

S'attaquer à cette réalité est aussi casse-gueule que de vouloir arrêter un séisme par de pieuses paroles, ou espérer la paix sur terre en sachant ce que sont les humains. Pures chimères !

Qu'à cela ne tienne !

Ainsi que l'entreprirent une poignée de juifs, d'étrangers et de communistes qui, bien qu'ils détestassent la guerre, formèrent les premiers groupes de résistants dans les années 1940 et se jetèrent sans hésiter dans une bataille que presque tous jugeaient perdue d'avance ; ainsi que l'osa ce jeune homme chinois qui, lors des manifestations de 1989 sur la place Tian'anmen, se dressa seul devant une colonne de chars afin d'en arrêter la progression ; don Quichotte oppose un défi gigantesque à des forces qui sont sans commune mesure avec les siennes propres.

Et c'est parce que les forces en jeu sont par trop inégales que les actions qu'il lance furieusement et qu'il voudrait terribles se terminent une fois sur deux en eau de boudin. (Nabokov, qui a fait le décompte précis des victoires et défaites du Quichotte, a inventorié vingt victoires, dont certaines en demi-teintes, pour vingt défaites ; ce qui, en fin de compte, n'est pas si mal.)

S'il échoue donc vingt fois d'affilée, c'est parce que son ambition de départ est titanesque et son combat colossal : rien de moins que braver l'univers entier, comme il sera écrit sur sa tombe ; rien de moins que combattre l'asservissement des plus faibles, l'injustice des puissants et l'immunité des salauds. Mais comment endiguer un tel fleuve avec ses seules mains ?

S'il échoue, c'est parce qu'un combat aussi ambitieux, aussi immense, ne peut jamais se gagner seul. Or le Quichotte est seul, seul, seul, dans la plus absolue, la plus irrémédiable solitude.
Avec qui pourrait-il partager ce goût des sommets qui le brûle ?
Qui aurait, comme lui, le courage d'obéir à un rêve dont rien ne garantit qu'il sera un jour exaucé ?
Qui se hasarderait à mettre en jeu son avenir pour défendre une certaine idée de la dignité humaine ?
La solitude serait-elle donc la condition du héros, comme elle l'est du poète ?
Tout, ce matin, me porte à le croire.
Le Quichotte est seul, seul à penser ce qu'il pense, à ressentir ce qu'il ressent, et spontanément rétif aux groupes, j'allais dire aux meutes, qui généralement le maltraitent ou font de lui un objet de risée (ce qui a l'insigne pouvoir de renforcer leurs liens).
Mais si la solitude est le prix qu'il paie pour la singularité de ses gestes, elle constitue aussi son inclination profonde, une inclination qui le conduit à s'enfoncer dans les montagnes inhabitées et les forêts mélancoliques, avec pour unique compagnie les oiseaux, le murmure des arbres et son fidèle écuyer Sancho, loin très loin du tumulte de la cour où des gentilshommes

poudrés, confits en arrogance et extrêmement habiles dans l'art de flagorner, s'épuisent en ronds de jambe et paradent comme des paons.
Le Quichotte ne veut pas respirer le même air que ces gens. C'est son luxe.
Il n'est d'aucun troupeau. Et seul dans sa bataille. C'est sa faiblesse.
Car il faut que le combat soit porté par une vague de colères et mille cœurs battants pour qu'il ait quelques chances d'aboutir. Toute l'Histoire, cher Monsieur, nous l'enseigne.

S'il échoue, c'est parce que ses armes, qu'il met au service de la justice, ne peuvent dans un tel combat vaincre par leur seul pouvoir. Si la force est parfois le complément nécessaire pour que le droit soit respecté contre la violence aveugle, la force ne peut livrer, au nom de ce droit, des assauts assassins, forcer des âmes réfractaires et leur imposer à coups de sabre le meilleur des mondes donquichottiens sans commettre une injustice pire.

S'il échoue, c'est parce qu'il lui arrive de se méprendre sur certaines situations. Il se trouve pris fréquemment dans un contexte assez comparable au nôtre lorsque l'Histoire sidérée nous devient illisible ; lorsque, devant son imprévisibilité, ses accélérations, ses tempêtes, ses retournements brusques et ses énigmatiques

Covid-19, on ne peut la rabattre sur aucun schéma intelligible.

S'il échoue, c'est parce que, dans sa mégalomanie, il aspire à résoudre la question philosophique du mal, question qui demeure, depuis la nuit des temps, une question béante, le trou noir de l'éthique.
Mais s'il ne la résout évidemment pas, il a l'immense mérite de rendre visible la malfaisance camouflée sous la croûte des faux-semblants, des urbanités onctueuses, et du charme discret d'un duc et d'une duchesse animés en dedans de sentiments sordides.
Or, faire apparaître cette malfaisance, l'appeler par son nom, est une faute impardonnable aux yeux de ceux qui veulent somnoler en paix, bien plus impardonnable du reste que le mal lui-même. D'où les dérouillées en cascades infligées à notre intrépide.

S'il échoue, c'est parce qu'un tel combat ne peut jamais se clore, c'est parce qu'un tel combat ne connaît pas d'apaisement, c'est parce que les efforts qu'il exige sont à reconduire sans cesse, puisque rien n'est acquis aux hommes pour toujours, et surtout pas la liberté et surtout pas la justice.
D'où ce sentiment que, d'un chapitre l'autre, les mêmes histoires infiniment s'enchaînent et se répètent *ad nauseam*, donnant lieu à ce que certains, par pur automatisme mental, ont baptisé comique de répétition,

lequel, lorsqu'il ne m'ennuie pas, m'attriste, cher Monsieur, souffrez que je vous le dise.

Ce combat est sans fin, disais-je, comme est sans fin chez tous les hommes la croyance qu'il existe un pays où vivre est sans douleur, un pays radieux, un pays adorable, un pays où la police vaque, où les juges s'ennuient, où les salauds paressent et où les écrivains discourent de leur œuvre avec humilité, un pays sans despote ni aucune immondice humaine, un pays miséricordieux, insituable, toujours manquant, toujours déjà perdu, mais qu'inlassablement l'on continue d'attendre.

Ce combat est sans fin, comme est sans fin la lutte inexpiable contre notre humaine condition, ses limites, ses fièvres, ses corvées, sa désespérante précarité, son non-sens dans ce monde sans Dieu que nous nous sommes fait – vous ne pouvez concevoir, Monsieur, je l'imagine, pareille aberration – et contre la mort intraitable qui la borne et qui finit toujours, la garce, par planter son drapeau.

Toutes ces raisons, Monsieur, que j'ai l'indécence de vous infliger pour expliquer les foirades répétées du Quichotte, sont peut-être aussi mal fondées les unes que les autres. Mais mon triste constat demeure : votre hidalgo échoue souvent, très souvent, trop souvent,

cela me semble injuste autant qu'immérité, et loin de m'amuser cela me consterne.
D'autant qu'il me vient soudainement à l'esprit que le Quichotte échoue comme nous sommes peut-être en train d'échouer aujourd'hui devant la sauvegarde de la planète. Car notre planète souffre, Monsieur. Car notre planète a la fièvre. Car notre planète suffoque et risque, si nous ne faisons rien, d'aller de mal en pis. Car nous l'avons saignée, Monsieur, nous l'avons charcutée, épuisée, saccagée irrémédiablement peut-être. Nous l'avons déshonorée, Monsieur, pour parler comme votre Quichotte. Ma crainte est que, bientôt, elle ait la couleur des cendres.

Le Quichotte rêvait d'une vie fabuleuse, d'une vie calquée sur celle des chevaliers invincibles décrits dans les romans de Feliciano de Silva ou Garci Rodríguez de Montalvo. Mais les livres de ces derniers, qui ont connu un succès considérable quelques années auparavant, sont à présent dépréciés. Trop jolis, trop toilettés, trop éloignés de la réalité, leur genre lentement expire.
Vous allez, cher Monsieur, l'achever.
C'est que, sous le règne de votre roi Philippe II, le désenchantement a gagné peu à peu les esprits, la grande époque épique n'est plus qu'un souvenir, le goût pour le surnaturel s'est lentement éteint, et les romans de chevalerie avec leurs fées enchanteresses,

leurs monstres à quatre queues, leurs princesses enfermées dans des tours imprenables et délivrées *in extremis* par des champions en escalade qui d'un seul coup d'un seul vous fendent en deux un chevalier félon, ces romans sont perçus de plus en plus comme dangereusement anachroniques et délétères aux esprits sérieux. Ces derniers invitent désormais à regarder en face la réalité la plus brute, à respecter les institutions en place, et notamment celle du mariage, et à s'en tenir raisonnablement à quelques valeurs sûres afin de maintenir une économie qui, après l'euphorie liée à la découverte de l'Amérique, connaît à présent ses premières difficultés. Or le rêve et l'utopie, prônés par les héros au grand cœur des romans chevaleresques, ne sont en rien des valeurs sur lesquelles on peut positivement miser. Mieux vaut donc les bannir.

Le Quichotte en fait la douloureuse expérience.

Il espérait faire reculer l'injustice à défaut de faire reculer la mer. Il recueille l'affront.

Il voulait triompher et coucher ses lauriers aux pieds de Dulcinée. Il tombe dans la vase et frôle le désastre.

Il souhaitait la solennité, les airs d'empereur, la gloire éternelle avec des majuscules. Il se retrouve la gueule en sang et quatre dents cassées.

Il espérait vivre une extraordinaire épopée et faire de sa vie le plus beau des chefs-d'œuvre. Son aventure est une farce dont il est le dindon.

Il voulait concilier son rêve et la réalité. Son rêve se fracasse sur les récifs de la réalité. Et la réalité brutalement triomphe, la réalité intraitable, la réalité prosaïque, la réalité obscène, la réalité prête à toutes les cruautés et à tous les dévastements, et qui finit toujours par avoir le dernier mot.

Lui qui se voulait sublime et espérait voler de triomphe en triomphe à force de désir et d'obstination, le voici traité comme un gueux, regardé comme un pitre, et chassé à coups de pierre comme le fut en son temps Paul Cézanne lorsqu'il se rendait à l'atelier du Jas, poursuivi par des enfants sournois qui le bombardaient de cailloux, muettement autorisés par leurs parents aixois qui tenaient le peintre pour un raté. Ce souvenir me vient à l'instant à l'esprit et m'attriste, comme à chaque fois.

Lui qui espérait se mesurer aux géants de la terre pour leur faire mordre la poussière à l'instar d'un Amadis de Gaule ou de son frère Galaor, moins pleurnicheur, lui qui pensait se hisser au pinacle au son des clairons de la victoire, il ne perçoit à présent que les rires goguenards et les sarcasmes ricaneurs de ceux qui se réjouissent de le voir défait.

Lui qui aspirait au plus haut, il déchoit au plus bas ; et chute à l'instar de l'imprudent Icare qui avait, comme lui, trop présumé de ses forces.

L'ivresse du combat dissipée (ivresse est le mot car il y a chez don Quichotte quelque chose de l'ordre d'une exultation, d'une défonce, d'une griserie secrète à se battre et frapper), le voici donc rendu au sol « avec un devoir à chercher, et la réalité rugueuse à étreindre » (cette citation, qu'aucun lycéen n'oserait glisser aujourd'hui dans un devoir de terminale tant elle a servi depuis 1871, devrait, me semble-t-il, vous parler).

Il réalise alors qu'il existe un abîme entre le monde de ses rêves et celui auquel, jour après jour, il se cogne ; entre ce qu'il avait follement désiré et les fruits véreux que, dépité, il cueille ; entre les chevauchées fabuleuses du « Beau Ténébreux » protégé par sa bonne fée Urgande et ses expériences foireuses sur les chemins caillouteux de la Manche, sans aucun philtre à boire ni l'ombre d'une fée à l'horizon.

Son tort, sa faute impardonnable, fut de prendre la littérature à la lettre, et ses fictions pour argent comptant.

La littérature lui a menti. La littérature l'a floué. La littérature lui a fait miroiter un monde qui n'existait pas. La littérature n'est qu'un tissu de mensonges et de mystifications.
La littérature est une escroquerie.
Et ses faiseurs : des escrocs (dont certains, il faut le reconnaître, ne manquent pas de charme).

À bout d'illusions, le Quichotte perd pied. Il vacille. Ses certitudes se fêlent. Sa colère s'évanouit, mauvais signe. Ses projets grandioses se voient l'un après l'autre démentis.
Le monde serait-il cette vallée de larmes, dont Sancho vient lui rappeler, à point nommé, l'existence ?
Comme au sortir d'un songe, une anxieuse lucidité soudainement lui revient : il s'est battu en vain.
Je suis né, confie-t-il à Sancho, *pour vivre en mourant*. Paroles de mélancolie.
Tout s'effondre. Il n'est plus le flambeau de la chevalerie errante. Ni l'égal du sublime Amadis. Ni le sauveur des faibles et des déshérités. Ni l'implacable redresseur de torts causés par la bassesse humaine.
À présent dégrisé, il ne se la joue plus du tout fier-à-bras, et ne se pique plus d'être d'essence divine.
Il n'est qu'un homme semblable aux autres. Un homme meurtri, malheureux, misérable, rendu, à la faveur d'une défaite, à ses fêlures et à ses défaillances.

Moi, monsieur, je ne me prends pas pour Neptune, et je ne cherche pas à me faire passer pour plus malin que je ne suis. Je voudrais simplement donner à comprendre aux hommes l'erreur qu'ils commettent en ne revenant pas aux temps heureux de la chevalerie errante.
Triste et désenchanté, il retrouve alors l'inharmonie ancienne, le poison de l'échec, la gratuité du mal, et l'immortelle amoralité des hommes : leur haine, leur ruse, leur ingratitude, leur passion de détruire et leur appétit de trahir.
Tout l'amer savoir.
La réalité retrouvée.
Et cette réalité a mauvais goût, et cette réalité est laide, et cette réalité est d'une férocité inqualifiable, et les cauchemars y sont vrais, et la vie y est inhumaine.
Il retrouve la misère de son corps perclus, l'âpre rusticité des auberges, la fatigue infinie du voyage, et sa propre impuissance qu'il est forcé d'admettre.
Il déchante.
Ses châteaux en Espagne s'écroulent.
Et sa croyance que les hommes pourraient être meilleurs et qu'il pourrait contribuer à les rendre meilleurs, se dissipe un instant.

J'ai bien dit : un instant.
Car c'est mal connaître le Quichotte que de le croire résigné.
Quiconque, à sa place, eût déposé les armes. Pas lui !

Le Quichotte est fait du cuir du résistant.
Inusable.
Ou de l'étoffe du héros que l'adversité, loin de décourager, redresse et fortifie.
Le Quichotte conserve, contre vents et défaites, un désir despotique de justice et de vie que rien n'altère et que rien ne détruit.
Les hommes ont certes quelques défauts, dit-il, mais il est toujours possible de les vaincre.
Comment ? demande Sancho naïvement.
Par la générosité et la grandeur d'âme, seule attitude qui vaille devant l'imperfection humaine et la méchanceté qui est l'autre nom du malheur, déclare-t-il en substance (à moins que je n'invente ces paroles, comme je me suis quelquefois surprise à le faire). Seule réponse pour qui ne veut être inférieur à son rêve et tente de se maintenir, en dépit des tumultes, au sommet de lui-même.

Et ce qui est remarquable, c'est que, malgré les revers essuyés, malgré les grêles d'invectives, les déconvenues cuisantes, les camouflets, les affronts, les outrages, les coups reçus qui lui font cette « triste figure », cette détresse rentrée que l'opinion courante prête aux poètes maudits, cette désolation muette gravée sur son visage et au fond de ses yeux, le Quichotte endure ses épreuves en dédaignant de geindre.

Jamais une amertume, jamais un soupir, un sanglot, un regret. Jamais la moindre lamentation.
Jamais non plus de fourberie, ni l'envie de punir, encore moins de léser, de dominer ou d'asservir les autres.
Jamais le projet matois d'une vengeance, jamais le moindre ressentiment ni la moindre arrière-pensée.
Mais un comportement d'hidalgo d'une exemplaire dignité.

Le Quichotte est éthiquement (presque) parfait. C'est agaçant.

6

Et puisque vous faites de votre Quichotte un looser, permettez-moi de vous dire, Monsieur, qu'il est un looser magnifique. Car s'il échoue au regard du but qu'il s'est assigné, il réussit toujours et en tout lieu à créer du vivant.

Partout où il passe, Monsieur, un grand vent se soulève. Partout où passe, où il déferle, devrais-je dire, partout où le sommeil menace, il bouscule, il interroge, il inquiète, il surprend, il secoue les évidences, fait trembler les repères, délie les langues, mobilise les affects, déstabilise les routines, avive les soifs, crée des appels d'air et ce que Guy Debord, un penseur cher à ma génération, appelait « des situations ».
Finis les longs ennuis.
Les habitudes expirent.
Les consciences s'aiguisent.

Les désirs s'ensauvagent et circulent, comme il se disait en 1968.
Une sorte d'émulation se propage. L'air devient vif. Les rires jaillissent, et les cruautés qui s'ensuivent.
Qu'il pénètre dans une auberge ou au beau milieu d'un champ, sa présence vient aussitôt secouer, et parfois à son corps défendant, la plate monotonie des choses.
De nouveaux agencements se créent entre protagonistes, de nouvelles forces émergent.
Et la vie surgit, l'indispensable vie, avec son bouillonnement, son imprévisibilité, ses contradictions, sa noirceur, ses tremblements et ses promesses.
Partout où il passe, il sème le feu, la fièvre et des turbulences qui obligent à la pensée.
Partout où il passe, il éveille les esprits qui pataugeaient dans leur mare, aiguillonne les débats, souffle sur les braises, allume les passions dormantes, suscite chez les autres le plaisir de ce qui est neuf, osé, dangereux. En un mot : l'Aventure.
Artiste du tumulte, il emporte avec lui, au cœur de l'ouragan, les gens, les bêtes et tout ce qui, avant son arrivée, vivotait dans un soporifique ennui.

Et de la même manière qu'il chamboule l'ordre spatial, l'ordre social et l'ordre affectif, ce fauteur de troubles chamboule l'ordre temporel.
Car le temps, pour lui, n'est pas ce temps linéaire, plat, et affreusement monotone, ce temps mesquin, mesuré,

mesurable que l'on impose aux hommes qui doivent à tout prix rendre rentable leur labeur.

Pour lui qui n'est guère soumis au saint travail social et à ses saintes servitudes, le temps est un temps autre, tout bonnement parce qu'il en décide, tout bonnement parce que sa passion en décide. Et ce temps dont il est le maître est un temps souple, vivant, fantasque, un temps émancipé de la chronologie, un temps qui peut ensemble nouer hier et maintenant, et dont il est impossible aujourd'hui d'avoir la moindre idée.

Ce qui explique que la référence au passé ne relève pas chez lui, comme on pourrait le croire au premier abord, d'un passéisme rance, d'un attachement nostalgique à des idées vermoulues et à des valeurs aussi mitées que ses frusques. Sa référence au temps heureux de la chevalerie errante est simplement le fruit d'une autre conception du temps. Un temps que le Quichotte appréhende de façon telle que l'été peut surgir brusquement en hiver, l'enfance fleurir à l'âge adulte, une entreprise ancienne apparaître soudain comme très actuelle, et une marche arrière face à la connerie constituer une avancée des plus intéressantes.

Cette conception était-elle déjà, à votre époque, une forme d'incongruité, comme on aurait tendance à le penser de nos jours en ce monde où nous vivons murés entre un passé fantôme et un futur de peur, en ce monde pour ainsi dire sans durée, en ce monde du présent permanent ? (Lequel, soit dit en passant, conduit quelques écrivains se voulant à la page à ne jamais user de cette vieille nippe grammaticale que constitue le passé simple, et amène les politiques à se foutre complètement de la couche d'ozone dès lors qu'elle n'influe pas sur leur pouvoir immédiat, et plus encore du sort de leurs « frères humains qui après eux vivront ».)

Le Quichotte chamboule tout.
C'est l'Incendiaire.
L'instigateur d'une insurrection permanente dont l'autre nom est la Vie.
Une véritable machine à faire des remous.
Son intention première n'est cependant pas de choquer ni de provoquer en vain. Il n'est pas mû par un goût obsédant du tapage. Il n'a rien de l'extrémiste chic, installé confortablement dans des outrances dont il fait son petit commerce.
Le désordre pour le désordre n'est en rien sa finalité (quoiqu'il lui soit doux, parfois, d'en causer sur son passage afin d'impressionner dames et damoiselles).
Il souhaite simplement restaurer l'ordre des chevaliers errants et combattre des faits qu'il trouve inacceptables et qu'il lui incombe, pense-t-il, de réparer. Ce qui l'amène forcément à résister à l'ordre tel qu'il se présente. Et à mettre quelquefois cet ordre, il faut bien le reconnaître, cul par-dessus tête.
Mais il n'est pas, Monsieur, vous le savez, de geste résistant sans chambardements ni scandales. C'était vrai

hier, et ça l'est aujourd'hui. Il ne sert à rien de le nier, que les belles âmes me le pardonnent.

Christique le Quichotte ? Certains l'ont prétendu.
Il est vrai qu'il n'apporte pas la paix mais l'épée, une épée qui tranche radicalement entre le juste et l'injuste et qui, de ce fait, vient briser les logiques à l'œuvre dans la société de son temps.
Je pourrais pousser loin la comparaison avec la figure du Christ et m'appliquer à souligner leurs convergences. Mais je me bornerai pour l'instant à remarquer que : le Quichotte vomit la tiédeur ; prend toujours la défense des faibles ; évoque sans cesse un royaume idéal qui ne semble pas de ce monde ; va chevauchant sur son bidet vers une Jérusalem fictive ; pique des colères terribles qui valent bien celles décrites par Matthieu (21,12-13) ; se montre infiniment bon sous des dehors rugueux ; accorde aux filles de joie (de joie, tu parles !) la même attention courtoise qu'aux dames en dentelles (mais aucune ne vient lui essuyer les pieds avec ses longs cheveux) ; se fout des titres, rangs, grades, échelons et autres étiquetages ; ne se laisse jamais entrer en tentation (quoique) ; fait souffler en tout lieu une Sainte Folie porteuse de valeurs pour lesquelles nulle Bourse n'existe ; et souffre comme l'Autre mille et un supplices, de sorte qu'il ne cesse comme l'Autre de mourir et de ressusciter.

Christique ou pas, le Quichotte ne peut que déranger gravement le bel ordre qui règne.
D'autant que, dans l'Espagne figée dans les normes édictées par la puissance royale redoublée de la puissance catholique, le moindre geste qui s'en écarte apparaît aussitôt comme une effroyable menace.
La suspicion y est sans limites.
Elle touche à la démence.
Le premier statut de la pureté du sang a été promulgué contre les juifs en 1449.
Quant à l'Inquisition, autorisée depuis 1478, elle fait encore et toujours régner la terreur sur tout le territoire. Un mot irréfléchi, un juron religieux étourdiment lancé, une accusation de luxure, d'adultère ou d'une autre de ces abominables diableries, une dénonciation d'athéisme ou de sorcellerie (l'exercice de la dénonciation n'est pas qu'un sport français), et vous voilà jeté vif dans les flammes, décapité, emprisonné, excommunié ou banni.
Et cette terreur grandit encore avec l'inquisiteur général archevêque de Séville qui organise en 1559 l'un des plus impressionnants autodafés de l'Histoire.
La même année est publié le premier Index espagnol des livres interdits, parmi lesquels ceux de Feliciano de Silva. L'enfer des livres est rempli à ras bord.
Et l'on commence à délivrer des certificats de propreté du sang, *limpiezas de sangre*, aux personnes « non souillées » de sang juif ou musulman.

Philippe II, roi des Espagnes et de ses dépendances en Méditerranée et aux Amériques, qui a accédé au trône en 1555, ne fait que prolonger cette infâme politique et maintenir sous une chape de peur un pays dans lequel rien ne doit provoquer le moindre désordre, et cela tant dans les esprits que dans l'organisation de la cité
Être en mouvement, être vivant, parler, rire, respirer, se battre, c'est forcément ébranler cet ordre immobile et parfait qui peut se résumer ainsi :
– les pauvres : dans leur pauvreté (que nul ne leur dispute) ;
– les courtisans (et leur précieuse espèce) : dans leur basse-cour ;
– les déviants : au bûcher ;
– et les livres « nocifs » : réduits en cendres.
Être en mouvement, c'est forcément inquiéter ceux qui ont purgé la vie de son battement, de ses passions, de ses orages, et qui vivent pétrifiés et hagards, tremblant au moindre souffle, essayant de se faire oublier et oubliant du même coup de vivre, pris dans une apathie, dans une torpeur, je n'ose dire dans une mort, à laquelle ils donnent le nom de paix.
Aux yeux de ces derniers, les dérangements ne sont tolérables que s'ils sont justifiés, légalisés, et moralisés par le pouvoir : le pouvoir de l'Église et le pouvoir du roi à votre époque, le pouvoir de l'argent aujourd'hui, qui a avantageusement remplacé les deux autres.
Les choses, au fond, Monsieur, n'ont changé que de nom.

7

Je vous disais, Monsieur, dans une lettre précédente que votre Quichotte était anar jusqu'à la moelle. Je le maintiens, ne vous déplaise.

Car cet homme, quoique fragile en apparence, possède une puissance d'affirmation, une puissance de rupture, une puissance de refus devant ce qui est censé aller de soi, en un mot : une puissance politique au sens noble du terme, comme il est exceptionnel d'en rencontrer. Votre Quichotte, Monsieur, est anar jusqu'à la moelle, et le discours qu'il tient aux chevriers, Bakounine en personne aurait pu le tenir.

Heureux âge, dit-il en résumé, l'époque fortunée où ceux qui y vivaient ignoraient ces deux mots : « tien » et « mien », où toutes les choses étaient communes (finie la propriété privée), où la justice n'était entravée ni par la faveur ni par l'intérêt qui à présent l'étranglent (finie la justice de classe), et où les jeunes filles n'avaient à craindre ni les langues effrontées ni

les desseins criminels (#MeToo avec quatre siècles d'avance).
Tout cela s'est perdu et avili en ce siècle calamiteux, ajoute-t-il. Mais pour y remédier fut créé l'ordre de la chevalerie errante dont il est le flambeau, lui que *le ciel a fait naître dans cet âge de fer*, et qui a pour vocation de *redonner vie à celui que l'on nomme l'âge d'or*. Dans le détail : rétablir la justice devant la faiblesse désarmée, fléchir les cœurs mal intentionnés, régler les querelles, laver les injures, défendre les jeunes filles abusées, protéger les veuves, favoriser les orphelins, secourir les démunis, aider les sans-appui, et livrer une impitoyable bataille aux félons, aux méchants, aux canailles et à tous ceux qui abusent d'une façon ou d'une autre de leur pouvoir. Rien de moins !

Son souhait, en quelques mots, est de faire advenir une humanité plus juste, plus haute, plus mélodieuse et où personne ne fera plus s'agenouiller personne, une humanité où s'inventeront de nouvelles façons de vivre et de lier des liens sans que des pouvoirs despotiques aillent y fourrer leur nez.

Car le Quichotte se défie des pouvoirs, de tous les pouvoirs. Et il n'hésite pas à s'en prendre aux institutions les plus inattaquables du royaume et les plus terrifiantes, je pense notamment à la *Santa Hermandad.*

La *Santa Hermandad*, qui fut créée par Isabelle la Catholique en 1476, fait trembler depuis un siècle tout le peuple d'Espagne puisqu'elle cumule deux pouvoirs aussi coercitifs l'un que l'autre : le pouvoir royal et celui de l'Église.
Cette institution est constituée de groupes d'hommes armés et qui ont pour sainte mission de traquer et d'appréhender les criminels en tous genres.
Ces milices forment une force de police centralisée, efficace, et dotée de larges pouvoirs de juridiction, l'ancêtre en quelque sorte des milices qui fructifièrent pendant la Seconde Guerre mondiale, et qui sévissent encore aujourd'hui dans de nombreux pays.
Ces milices sont formées sur le modèle des anciennes *hermandades*, en français : fraternités. Des milices fraternelles ! Goûtez, je vous prie, la perversion, la laideur contenue dans l'accouplement de ces mots, lequel dit mieux que tout discours la violence et la muflerie, ointes par les Saintes Huiles, qui animent ces redoutables formations policières.
(Rappelons que les anciennes *hermandades*, les confréries dont ces nouvelles milices se réclament et qui n'en sont que l'affreux dévoiement, avaient à l'origine une tout autre vocation, sinon une vocation inverse : elles regroupaient des paysans révoltés contre les

injustices et les abus de pouvoir des nobles, des paysans qui n'hésitaient pas à fomenter des insurrections et à attaquer leurs forteresses et châteaux, fin de la parenthèse.)

Le Quichotte va faire tant et si bien contre cette *Santa Hermandad* (voir l'épisode des galériens) que celle-ci va lancer un mandat d'arrêt contre lui.

Mais la *Santa Hermandad* n'est pas la seule institution que le Quichotte, par ses actes, épingle et met en cause. Il semble en effet entretenir un rapport hautement suspect à l'institution religieuse, qu'il ne confond nullement, du reste, avec les saints qui firent sa gloire : saint Georges, saint Martin, saint Paul ou saint Jacques Matamore, des saints qu'il admire profondément et auxquels il n'hésite pas à se comparer (on connaît son penchant à la forfanterie) : *Tous ces saints chevaliers ont exercé la même profession que moi, qui est celle des armes. Eux étaient des saints, et ils ont combattu selon les lois célestes, tandis que moi, je suis pécheur et je combats selon les lois humaines*.

Le Quichotte entretient, disais-je, un rapport hautement suspect avec l'institution religieuse, sa violence fanatique que Voltaire plus tard qualifiera d'Infâme, la soumission aveugle qu'elle exige de tous, et ce goût de souffrir censé racheter les âmes pécheresses, goût qui vient quelque peu entacher les joies et les extases promises par Jésus. Ce que, bien entendu, et vu la censure qui règne, il ne déclare jamais clairement, mais que ses actes trahissent de la plus évidente manière. Comme en témoigne cet épisode dont je me permets, cher Monsieur, de vous rappeler les détails :

Le Quichotte croise un jour un petit convoi aux allures des plus pacifiques. Mais à la seule vue des deux moines bénédictins qui vont escortant un carrosse (lequel contient une dame de Biscaye) entouré d'hommes à cheval et de deux valets à pied, il entre en rage.

Quelle mouche le pique ? Nul ne sait. Le fait est que le Quichotte, enclin à des coups de fièvre qui lui font envisager le pire, accuse sans le moindre argument les deux pauvres religieux d'avoir enlevé une princesse ; les qualifie de vils parjures, de canailles diaboliques et autres appellations fort désobligeantes (qui d'ordinaire servent de soupapes au trop-plein de ses humeurs colériques mais peut-être surtout au trop-plein de ses tristesses accumulées) ; puis, incapable de se contenir plus longtemps, éperonne son Pégase, et leur vole dans les plumes.

Cette réticence informulée, cette hostilité sauvage au corps religieux est si manifeste qu'elle amène Sancho (qui s'enorgueillit de la *limpieza* de son sang et s'épuise à répéter, comme il a été dressé à le faire, qu'il est un fervent catholique et qu'il connaît son *Pater Noster* par cœur, deux précautions valent mieux qu'une), qu'elle amène Sancho, disais-je, à déclarer imprudemment à propos de son maître qu'il *est tout ce qu'il y a de plus laïc*. Il omet, en outre, de prendre le ton scandalisé que pareille qualification requiert (elle est, à l'époque, proprement révoltante).

Mais il y a plus grave : le Quichotte agresse sauvagement des pénitents encagoulés qui processionnent en brandissant l'icône de la Vierge Marie, quoique ces derniers ne lui aient causé aucun tort.
S'en prendre à l'Immaculée Conception ! À l'Impeccable (littéralement : sans péché) ! À la plus que Pure ! À la maman de *Iesum Christum qui resurrexit a mortuis, ascendit ad caelos, sedet ad dexteram Dei Patris omnipotentis* !
Horreur et damnation ! Crime des crimes ! Sacrilège des sacrilèges !
Le Quichotte a outrepassé les bornes les plus divinement sacrées de la religion.
Je chie sur le nom chrétien, écrivait Artaud au XXe siècle, et ces mots choquaient énormément le bourgeois.
On peut aisément imaginer l'effet de l'attaque par don Quichotte d'une sainte procession sous le règne du Très Catholique Philippe II (car c'est ainsi qu'il se

fait nommer), roi dont la piété est aussi fervente que son goût pour les choses du sexe et sa haine à l'égard de son fils (qu'il fera arrêter et très probablement assassiner), et dont la devise est tout simplement : *Dominus mihi adjutor* (Dieu est mon adjoint) en CDI j'espère.

Cette charge brutale du Quichotte, c'est l'impensable qui surgit. C'est la transgression absolue. L'opprobre impardonnable. Le péché le plus épouvantable qui se puisse imaginer sur une terre chrétienne.

Or vous n'êtes pas sans le savoir, cher Monsieur, mais plus la censure est féroce, plus nombreux les interdits, plus sévères les polices et plus coercitives les lois, plus intenses sont le goût du défendu et la séduction ténébreuse que suscite le blasphème.

C'est certainement l'une des clés de l'immense succès de votre livre.

Certes, vous prenez la précaution d'expliquer qu'il y a eu maldonne de la part du Quichotte, qu'il n'a tout simplement pas reconnu, fou comme il est, la Sainte Vierge, qu'il a agi inconsidérément et par pure étourderie, et qu'il n'est en rien le dangereux iconoclaste que les apparences pourraient, de prime abord, laisser croire. N'empêche ! La chose est écrite noir sur blanc, et elle enchante secrètement les Espagnols qui vivent muselés sous la férule de l'Église.

Cette transgression les venge.

En fait, le grief majeur du Quichotte contre l'institution religieuse (sans jamais, je le répète, l'énoncer ouvertement) : c'est évidemment la censure sauvage qu'elle exerce sur les livres.
Il est encore dans toutes les mémoires que le cardinal Cisneros, archevêque de Tolède, a ordonné de détruire en 1500, dans un gigantesque autodafé, plus d'un million d'ouvrages, et qu'en 1559 l'inquisiteur général et archevêque de Séville a organisé un autodafé encore plus impressionnant.
Comme si cela n'était pas suffisant, les Rois Catholiques ont promulgué un décret interdisant aux imprimeurs et aux libraires d'imprimer des livres sans leur autorisation.
Et en 1559 a été publié le *Premier Index expurgatoire des livres interdits* laissé à la charge de l'Inquisition.

Vous avez donc, Monsieur, quelque raison de vous inquiéter contre la censure féroce perpétrée par l'autorité religieuse et par le pouvoir royal.
Et l'on peut aisément comprendre que dans votre roman vous confiiez à un curé (assisté d'un barbier) le soin d'expurger de la bibliothèque de don Quichotte tous les romans de chevalerie présumés coupables de sa présumée folie, à l'exception de quelques rares dont le fameux *Amadis de Gaule* de Feliciano de Silva et le non moins fameux *Tirant le Blanc : trésor de bonne humeur et mine de divertissements*.

Quant au livre *La Galatée* d'un certain Miguel de Cervantes, il ne manque pas d'une certaine invention, faites-vous dire malicieusement au religieux expurgateur, et celui-ci d'ajouter : mais il faudra patienter jusqu'à la parution de la deuxième partie pour juger avec sérieux de ses qualités littéraires.
En attendant, proposition est faite de murer solidement la porte de la bibliothèque afin d'éviter toute propagation du virus.

Mais revenons à la question du pouvoir. Sancho partage, à son endroit la même défiance instinctive que son maître.
Lorsque au cours d'une cruelle parodie (dont la lecture, non seulement ne m'a pas amusée une seconde, mais m'a assombrie une journée entière) organisée par un duc et une duchesse toujours prêts à se divertir aux dépens des plus faibles et des plus désarmés, lorsque donc on fait croire à Sancho qu'il est intronisé gouverneur perpétuel de l'archipel de Baratarie, celui-ci, dans un premier mouvement, ne se tient plus d'orgueil et enfle de fierté.
– Il commence par instaurer un régime de centre droit : aide aux paysans, maintien des privilèges pour les nobles, nettoyage au karcher des fainéants, voleurs, mendiants et vagabonds, et respect absolu de la religion et des hommes d'Église ;

– assure avec une grande sagesse ses fonctions politiques (aussi bien que Henri l'Impuissant, Charles VI, Jeanne la Folle, Louis II de Bavière ou le dépressif Paul Deschanel, pour ne citer que quelques cas) ;
– garde en toutes circonstances la tête sur les épaules ;
– et ne succombe pas au vertige du pouvoir qui frappe (presque) infailliblement ceux-là qui nous gouvernent.
Mieux : il se prend assez vite à détester cette fonction qu'il avait si avidement convoitée. Et après sept jours de règne dans le vaste palais ducal, il est envahi d'une marée montante de tristesse et de solitude.
Il réalise alors que d'avoir succombé à l'ambition ne lui a apporté qu'inquiétudes et tourments.
Don Quichotte l'avait prévenu : *Les charges publiques sont comme une mer semée d'écueils.*
Il lui avait soufflé, à cette occasion, une série de conseils pour mener au mieux son gouvernement (conseils aux antipodes de ceux prodigués un siècle avant vous par Nicolas Machiavel, lequel estimait : primo – que le Prince devait apprendre à n'être pas bon, et secundo – qu'il devait s'affranchir sans états d'âme des idéaux de Justice et de Bien s'il voulait être un tant soit peu opérationnel).
Le Quichotte avait en somme proposé à Sancho une sorte de Charte, dont tous les hommes de pouvoir feraient bien de s'inspirer et que voici partiellement retranscrite :

Tu dois t'examiner et essayer de te connaître toi-même, ce qui est la plus difficile des connaissances qui se puisse imaginer. Tu éviteras ainsi de t'enfler comme la grenouille qui voulait se faire aussi grosse que le bœuf ; et la seule pensée que tu as gardé les cochons dans ton village t'empêchera de faire la roue, comme le paon de la fable quand il voit la laideur de ses pieds.
Ne te laisse pas guider par la loi du bon plaisir, en faveur auprès des ignorants qui se prennent pour des grands esprits.
Que les larmes du pauvre t'inclinent à plus de compassion – mais non à plus de justice – que les plaintes du riche.
Efforce-toi de découvrir la vérité à travers les promesses et les cadeaux du riche, comme à travers les pleurs et les sollicitations du pauvre.
Chaque fois que l'équité le permet, n'accable pas le délinquant de toute la rigueur de la loi, car un juge impitoyable n'a pas meilleure réputation qu'un juge compatissant.
Si tu fais plier la verge de la justice, que ce soit sous le poids de la miséricorde et non sous celui des cadeaux.
S'il t'arrive d'avoir à juger un de tes ennemis, oublie qu'il t'a offensé et ne considère que la vérité des faits.
Ne te laisse pas aller à satisfaire tes passions personnelles quand tu juges la cause d'autrui. Tu risques de faire des erreurs irréparables.
Si une jolie femme vient te demander justice, ferme les yeux à ses larmes et l'oreille à ses soupirs ; considère

calmement sa requête, si tu ne veux pas qu'elle te fasse perdre la raison.

Le Quichotte avait ajouté à cette liste, non sans un sourire intérieur, quelques conseils subsidiaires mais pouvant s'avérer déterminants sur un plan politique tels que :
– ne pas roter en public ;
– ne pas péter, même mentalement (je m'autorise à l'ajouter) ;
– boire avec modération et dîner légèrement en évitant scrupuleusement l'ail et l'oignon : condiments préférés des natures rustiques (et frustration déchirante pour Sancho) ;
– soigner sa tenue en enfilant pourpoint, cape dernier cri et chausses entières, en lieu et place de ces braies informes qui lui cachent le cul ;
– éviter de balancer à tout propos de très pesants proverbes ;
– monter à cheval avec distinction et non affaissé comme un flan ;
– et ne jamais au grand jamais pinailler au sujet de la noblesse d'un lignage, les Ibères étant sur ce point d'une susceptibilité maladive.

Mais en dépit de ces précieuses recommandations, Sancho, las de ne pouvoir se nourrir à sa guise, las d'écouter des solliciteurs qui le couvrent d'anathèmes

dès lors qu'ils n'obtiennent pas gain de cause, las d'avoir à s'improviser chef de guerre, lui qui prend la fuite à la moindre escarmouche et ne partage nullement les penchants belliqueux de son maître, las et plus que las du pouvoir et de ses servitudes pour lesquelles il n'a aucune disposition ni aucune appétence, car pour *ce qui est de gouverner, je ne m'y entends pas plus qu'un vautour*, Sancho choisit d'envoyer bouler son titre de gouverneur et de retrouver la liberté perdue, autrement dit de :
– dormir à l'ombre d'un chêne plutôt que de coucher dans de soyeux draps de Hollande ;
– bayer aux corneilles et se la couler douce, plutôt que s'esquinter le derrière sur un trône anguleux ;
– déjeuner sur l'herbe fraîche plutôt que dans de la vaisselle d'argent ;
– d'un croûton de pain noir plutôt que d'un pigeonneau rôti aux olives dont il est très friand ;
– marcher dans des sandales en corde plutôt que les pieds à l'étroit dans du cuir de Cordoue ;
– et retrouver son maître bien-aimé, plutôt que de subir les horribles obligations auxquelles sont soumis les puissants, cernés en permanence par des coquins à l'échine souple et à l'obséquiosité répugnante.
Sancho, c'est décidé, restera pauvre et gouverneur… de ses chèvres !

Magnifique leçon de liberté sobrement saluée par le Quichotte en ces termes :
La liberté est un des biens les plus précieux que le ciel ait accordé aux hommes.

Le Quichotte, Monsieur, est un anar, je le maintiens et le répète. Toute son existence l'atteste.

L'argent ? Le moins qu'on puisse dire est que le Quichotte est affligé à son endroit, de sévères contre-dispositions. Autrement dit, il n'a rien, mais alors rien, de ces rapaces appelés de nos jours : bizness-man (prononcée à l'anglaise la fonction est moins laide).
À l'ecclésiastique qui, chapitre XXXII, l'intime de rentrer chez lui pour gérer ses biens et cesser son vain et ridicule vagabondage, il répond, tout frémissant de colère :
Il y en a qui choisissent la voie spacieuse de l'ambition et de l'orgueil, d'autres celles de l'adulation servile, d'autres encore empruntent la route de l'hypocrisie trompeuse... Quant à moi, guidé par mon étoile, je m'aventure sur l'étroit sentier de la chevalerie errante, où l'on méprise l'argent mais non l'honneur.
Don Quichotte méprise l'argent, mais non l'honneur. La manie universelle de thésauriser, de thésauriser et de thésauriser encore ne l'effleure pas un seul instant.

Le projet de faire fortune, même modestement, ne lui traverse jamais l'esprit.
Ses petits intérêts personnels n'infèrent jamais sur ses grandes idées supérieures.
Et la volupté de posséder ne le possède pas. Mieux, elle lui demeure aussi étrangère que la volupté érotique.
En résumé, le Quichotte n'a pas une Carte bleue à la place du cœur, comme aurait dit ma mère qui s'exprimait souvent à la manière imagée de Sancho.
En revanche, partir d'une auberge sans payer son écot ne lui est nullement un problème, pour l'excellente raison que la loi chevaleresque stipule que tous les chevaliers errants doivent être hébergés gracieusement en récompense du bien qu'autour d'eux ils répandent. Normal.

L'opulence ? Il y est totalement indifférent, et vit, par choix, comme le plus pauvre des pauvres.
Mais sa pauvreté est spontanément généreuse, à l'opposé de la richesse propriétaire qui, elle, est presque toujours spontanément chiche. N'ayant rien à monnayer, rien à vendre ni rien à prendre, c'est sa passion que le Quichotte donne, et sa fougue et sa vigueur.
De plus, loin d'être une privation douloureuse ou un appauvrissement dégradant, son dénuement constitue pour lui une expérience qui l'inspire, le renforce et

le délivre des affres et servitudes que la possession occasionne.
Son dénuement est la condition même de sa liberté.

Le Quichotte n'est en rien tenté par ces concupiscences matérielles qui sont devenues aujourd'hui pour beaucoup, cher Monsieur, une raison de vivre et de dézinguer ceux qui barrent la route à leur vaste appétit.
Adepte convaincu de la décroissance, il estime que la bonne chère, les suprêmes de chapon, les gourmandises hors de prix et la sieste l'après-midi *ont été créés pour les gentilshommes qui se prélassent à la cour.*
Lui vit au jour le jour ; dort parfois à la belle étoile ; se contente en guise de dîner d'un quignon de pain *aussi noir que son armure, accompagné,* non pas d'une tranche de jambon, mais d'un *morceau de fromage si dur qu'il pourrait casser la tête d'un géant* ; en guise d'apéritif : l'eau pure des ruisseaux ; en guise de matelas : un austère tas de paille ; et pour tout water-closet : la nature sauvage et quelques feuilles de châtaigner. Que désirer de plus ?

Son tempérament ? Rageur souvent jusqu'à en être féroce car il ne veut ni ne sait composer avec son temps. Ni négocier avec ce que cela suppose de ruse, de pression, de calcul, d'esprit combinard et, parfois, de basses manœuvres. Ni transiger. Ni intriguer. Ni marchander sous le manteau. Ni maquignonner avec des porcs. Ni passer pleutrement avec eux des compromis médiocres.

Le Quichotte pourrait avoir pour devise, à l'instar d'Érasme : *Nulli concedo* (je ne concède rien).

Il vomit les dosages prudents, les mégotages, les chipoteries et les demi-mesures, et ce, tant dans son dessein de rédimer le monde que sur le terrain (le terrain !) de l'amour.

Dans le pays de don Quichotte, on ne lésine pas avec ces choses-là.

Il ignore tout autant cette vertu très molle et très en vogue aujourd'hui qu'on appelle « résilience », et dont un usage abusif a complètement abâtardi le sens. Résilience vendue en promo au nombre des stratégies dites adaptatives (« On vous a tabassé, prenez-le avec le sourire ! », ou « Ayez l'esprit français : soyez élégants jusque dans le malheur ! ») dans un lot comprenant le mot « partage » dont tous les gens de bien se rincent le gosier, les mots « fraternité », « droits de l'homme » et quelques autres d'aussi noble envergure, tous exprimés sur le ton gravissime et dignissime de l'humaniste incontesté, et qui m'inspirent, chaque fois que je les entends, les plus affreuses insanités.

Le Quichotte est un intempestif. Un emporté. Un indocile.
À qui notre obstinée habitude de vivre ne suffit pas.
Et que rien n'intéresse en fin de compte que ce ciel impossible à étreindre,
Un impatient, un fulgurant, qui n'avance pas, qui fond.
Qui fond sur ce ciel immense qu'il voudrait attraper et faire descendre, d'un geste, sur la terre ; sur cet inatteignable qu'inlassablement il assiège et qui, inlassablement, se dérobe.
Un imprudent. Qui préfère à la proie, l'ombre de l'espérance.
Et se bat pour une cause qu'il pense remarquable, et tant pis si elle échoue, et tant pis elle est sans issue, et tant pis si elle le fait parfois atrocement souffrir ! Il restera tout au moins la beauté de son geste et la satisfaction de l'avoir ardemment défendue.

Faudrait-il lui préférer, Monsieur, ceux-là que ne brûle aucun feu ?
Faudrait-il lui préférer les tièdes ou les apathiques soumis comme des larves et dont le seul souci est de ne pas faire de vagues ?
Faudrait-il lui préférer les muets et les lâches qui ferment pudiquement les yeux devant tout ce qui les emmerde ?
« On gémit, on se tait, on soupe, on oublie. »

Ou les faux-culs, les fumiers, les fuyards, qui se voilent la face et prennent la tangente, ainsi que collectivement et sans broncher nous le faisons presque tous aujourd'hui devant les misères du monde, qu'elles aient pour nom Kutupalong ou Lampedusa.

8

Ce matin, cher Monsieur, une question me brûle les lèvres : ce goût profond pour la liberté et la justice et cette hostilité que don Quichotte manifeste à l'endroit du pouvoir ne seraient-ils pas, incidemment, les vôtres ?

Excusez-moi de mettre les pieds dans le plat, mais il me semble que votre chevalier a, comme on dit, bon dos.

J'ai en effet le sentiment que vous lui faites endosser tout ce que vous ne pouvez formuler ouvertement ; et que vous l'amenez adroitement à dire à votre place vos quatre vérités : à savoir que cette fin de siècle et ce début d'un autre sont, pour le moins, calamiteux ; que l'Église catholique, apostolique et romaine est méchante autant qu'omnipotente, et ses polices mêmement ; que la paresse, l'oisiveté, la gourmandise et la mollesse y triomphent chaque jour ; que tous les gentilshommes ne sont pas dignes de leur titre, à la différence de qui vous savez ; et qu'ils prétendent servir le roi en se curant les ongles, autrement dit *sans qu'il leur en coûte rien.*

Vous le faites, Monsieur, aller droit vers tout ce qui, dans le royaume d'Espagne, répugne ou interroge, vers tout ce que, je le suppose, votre conscience réprouve sans pouvoir l'énoncer, et que vous l'induisez à révéler le plus innocemment du monde.

Vous allez jusqu'à lui faire porter ce rêve inouï d'une égalité entre les hommes, une égalité non pas, évidemment, telle qu'elle s'écrit aujourd'hui dans nos textes de loi, mais au sens d'une harmonie, d'un équilibre, d'une entente.

Car on peut dire de la chevalerie errante comme de l'amour, qu'elle nous rend tous égaux, affirme texto le Quichotte.

Le Quichotte, en effet, se fout complètement des titres, cotes, coteries et autres fictions sociales si étrangères à son esprit de justice et à sa profonde bonté. Elles ne sont pour lui que foutaises. Et notre chevalier errant a bien d'autres lions à fouetter !

Tous les êtres à ses yeux sont dignes de respect, quels que soient leur legs, leur origine et leur degré dans l'échelle sociale. Chacun, affirme-t-il, est le fils de ses œuvres, et qu'importent les lignages. Si le sang s'hérite, la vertu s'acquiert. Et la vertu vaut cent fois plus que le sang (ce sont ses propres mots).

Idem pour les femmes.

Lorsqu'il déclare à Sancho qu'il se sent toujours prêt à défendre leur honneur, il tient à préciser : *quelles qu'elles soient*. Qu'elles soient putains, paysannes ou princesses, il porte à leur endroit un regard libre de préjugés. Du reste, il confond continûment les unes avec les autres et déploie envers toutes, je dis bien envers toutes, les manières les plus exquises.

Votre Quichotte est si étranger, disais-je, aux catégories sociales et aux frontières infranchissables qui les séparent, si innocent devant ces choses et si candide, qu'il ne lui vient pas à l'esprit de condescendre à parler peuple au peuple, quitte à n'être pas entendu de lui. Je pense à Maritorne et à l'épouse de l'aubergiste qui ne décodent pas plus son langage que s'il leur parlait grec, ce qui les fait doucement rigoler et se donner du coude. Je pense aux laboureurs ébahis auxquels il s'adresse en vers émaillés des plus rares épithètes ; et à ces trois paysannes (dont l'une est censée être Dulcinée) qui l'envoient paître sans façons parce qu'elles ne comprennent rien à des paroles qu'elles n'ont entendues nulle part et qu'elles n'entendront jamais plus, pas plus qu'aux simagrées auxquelles, devant elles, il se livre, en digne représentant de la chevalerie errante.

Moi, Monsieur, c'est la langue des traders qui me reste inaudible.

Vous souhaitez que je vous traduise le mot de traders ? Il désigne des personnes addictes à la pornographie

financière. Vous ignorez ce qu'est la pornographie financière ? Continuez, cher Monsieur. Continuez.
Le Quichotte, disais-je, parle à tous la même langue superbe, et n'en use jamais comme moyen d'intimider ceux qui ne sont dotés ni de son vocabulaire ni de sa culture.
Son souhait d'un monde meilleur, il n'en fait pas un slogan pour séduire les foules ; il ne le corne pas sur les toits ainsi que le font avec fatuité les menteurs professionnels de la politique qui veulent gagner le titre de belle âme quand seul le calcul les motive.
Avez-vous remarqué, Monsieur, que la crainte de ces derniers d'être en retard d'une indignation, les amène parfois à mal dissimuler leur secret désir de pouvoir ? Avez-vous remarqué que leur secret désir de pouvoir était, la plupart du temps, camouflé en son contraire ?
Le Quichotte ne déclame pas plus ses grands sentiments et son grand amour de l'humanité dans de grandes envolées poétiques. Il n'est sans doute « pas assez français pour cela ».
Il ne se prétend pas séditieux à l'instar de nos artistes experts en subversion subventionnée et de nos révoltés de service qui processionnent sur les plateaux de la télévision libérale et apposent leur signature au bas de tous les manifestes.
Les valeurs qu'il défend, ces valeurs, que lui ont révélées les romans de chevalerie et que son cœur a archivées, ne sont nullement pour lui des fioritures destinées

à enjoliver ses discours. Elles n'ont rien de ces broderies rhétoriques chères à nos tribuns, rien de cette poudre jetée aux yeux de la foule béante qui attend que tombent d'en haut les saintes incantations du chef. Et s'il les met en pratique (ses valeurs), c'est parce qu'il ne peut faire autrement que de les exercer. Sans le détour de la réflexion. Hors de tout dogme. Hors de toute autorité. Puisées à même ses sources vives.
Je ne sais pas mieux dire que : par intuition.
Mû par les raisons du cœur que la raison raisonnante ignore, dirait Pascal.
De manière non ratioïde, ajouterait Musil.
Dans cette Europe où le rationalisme va bientôt gagner tous les esprits, le Quichotte agit comme poussé par une nécessité irrépressible, par un élan aussi inexplicable qu'impérieux, une intuition informulée plus sûre et plus lucide que tout savoir, une chose sauvage, inconnue, irréductible à toute explication logique, qui boue en lui comme le sang, et le déborde.

C'est dans son lien à Sancho que les valeurs pour lesquelles il se bat s'incarnent de la façon la plus manifeste, notamment la valeur d'égalité.
Le Quichotte estime que Sancho, tout paysan qu'il est, a l'étoffe d'un gouverneur (fasse qu'un jour notre Assemblée nationale, qui ne compte qu'un nombre infime d'hommes et de femmes exerçant un métier manuel, s'en inspire !), qu'il n'a pas à courber l'échine

devant quiconque, encore moins à servir à quiconque de marchepied ni à obéir comme un chien qu'on siffle. Il n'attend pas de lui l'hypocrite déférence que doit obligatoirement simuler un inférieur envers son seigneur et maître : bonnet en main, tête basse et regard balayant le sol.

Tout au contraire, il exhorte Sancho à être fier de ses origines : *Tire gloire, Sancho, de l'humilité de ta naissance, et n'aie pas honte de dire que tu descends d'une famille de paysans ; voyant que tu n'en rougis pas, personne ne cherchera à t'en faire rougir.*

En un mot, il l'invite à se considérer comme ne faisant qu'un avec lui : *Je veux que tu t'assoies à mes côtés, en compagnie de ces braves gens, et que tu ne fasses qu'un avec moi, qui suis ton seigneur et maître ; que tu manges dans mon plat et que tu boives de ce que je boirai.*

Sancho l'a si bien compris qu'il s'autorise à chambrer affectueusement don Quichotte, à éclater de rire mais sans une once de malveillance à chacune de ses innombrables méprises, ou à parodier avec malice les discours héroïco-sublimes dont son maître s'enivre lorsque, contredits par les faits, ils tombent à plat.

Il lui arrive aussi de pester vertement contre ses extravagances, de lui adresser de cinglants mais justifiés reproches (que don Quichotte encaisse sans se départir de son calme), et de refuser de feindre un rapport d'égalité en répondant du tac au tac à ses avances : qu'il préfère de loin manger seul, et peinard.

Cette question de l'égalité, qui avait constitué dans l'Antiquité l'un des fondements de la démocratie athénienne, sera reposée violemment quelques décennies après vous, mais ce n'est pas le moindre de vos mérites, cher Monsieur, que de lui avoir donné un fameux coup de pouce. C'est à cela que l'on reconnaît les génies. Je voulais réserver pour plus tard mes compliments à votre endroit, mais l'occasion est trop belle pour que je me résigne à les taire.

Preuve s'il en fallait, Monsieur, que toutes les utopies sont vouées à se réaliser un jour ou l'autre. D'où la détestation féroce que leur portent ceux-là qui veulent à toute force conserver les choses telles quelles sont, les abjectes comme les autres, et qu'on appelle, je crois, conservateurs ou réacs de mes deux.

En ses rêves comme en ses actes, votre hidalgo, cher Monsieur, est tout l'inverse.
Pas étonnant que l'Espagne soit, parmi tous les pays que compte notre terre, celui qui a vu le plus croître et prospérer, au long de son histoire, la mouvance libertaire.
Pas étonnant que la CNT (Confédération nationale du travail) fondée en 1910 et la FAI (Fédération anarchiste

ibérique) fondée en 1927 y aient eu plus de pouvoir et d'influence que partout ailleurs.
Pas étonnant que l'anarchiste Buenaventura Durruti, qui fut l'un des premiers en juillet 1936 à organiser la résistance contre les franquistes et à rejoindre le front d'Aragon avec une colonne de trois mille hommes, connue plus tard sous le nom de colonne Durruti, ait été une figure emblématique de la guerre civile.
Pas étonnant que les républicains espagnols de la première section de combat de la Nueve, qui escorta le 24 août 1944 le général de Gaulle sur les Champs-Élysées, aient baptisé un de leurs half-tracks : don Quichotte.
Tout cela, cher Monsieur, est entièrement de votre faute.

9

Je vous parlais hier du désir du Quichotte de faire advenir un monde où aucune âme humaine ne serait diminuée, un monde plus heureux, plus miséricordieux, plus musical, plus fraternel, un monde délivré de l'injustice crapuleuse, de l'égoïsme avide et du mépris social.

Mais j'ai, sur ce dernier point, Monsieur, une nouvelle remontrance à vous faire : pourquoi vous croyez-vous tenu d'outrer jusqu'à la caricature la disparité physique entre don Quichotte et Sancho Panza ? N'est-ce pas une façon de reproduire cette logique dénigrante qui veut que le statut social s'inscrive comme un fer sur les corps et les gestes ?

Je m'explique.

Parce qu'il est hidalgo (*hijo de algo* : c'est-à-dire « fils de quelqu'un »), vous dotez le Quichotte d'un visage émacié et spirituel (comme le vôtre), d'un dos aussi droit que son âme (le physique de l'emploi), et bien que fagoté à la diable, couvert de poussière et d'une maigreur extrême (celle d'un saint peint par Le Greco), d'une allure des plus majestueuses. Un excentrique peut-être, mais d'une solennelle dignité et d'une noble prestance sur sa monture.

Parce que issu du bas peuple (c'est-à-dire fils de personne, fils de rien), vous nous décrivez un Sancho forcément pataud et l'air mollasse, forcément pansu d'où son nom qui sonne comme un sobriquet péjoratif, forcément petit, trapu et les jambes grêles, forcément glouton et mangeur d'ail, forcément débiteur de proverbes lourdingues, et forcément avachi sur son baudet tel un sac de patates.

Voyez-vous, cette disparité dans leur allure et leur maintien qui me paraît tout à fait liée à la projection sur eux de vos catégories sociales me contrarie, Monsieur, encore plus que tout le reste.

Et ce, bien que ce contraste entre les deux – l'élégant et le beauf, le maigre et le rondouillard, l'aristo aux grands airs et le plouc plébéien, contraste simpliste, sans nuances, et pour tout dire passablement caricatural – ait inspiré avec bonheur nombre de peintres et de dessinateurs.

Mais je me dois, Monsieur, de faire amende honorable et vous rendre justice.

Car vous opérez peu à peu un basculement réjouissant. Au fil des pages, votre regard sur eux s'émancipe de toute logique discriminante, de toute hiérarchie

sociale, et les arrache à leur statut jusqu'à, parfois, inverser leur rôle.
Le Quichotte abandonne peu à peu ce ton ampoulé et pompeux (mais jamais cuistre ni infatué), qu'il croit être celui des héros chevaleresques : trop affecté, trop verbeux et trop emphatique pour n'être pas risible, et dont voici un bref exemple : *À peine l'éclatant Apollon avait-il déployé sur la vaste étendue de la terre les fils dorés de son abondante chevelure* (le Quichotte se parle à lui-même, sans doute pour s'exercer au langage entortillé des chevaliers errants), *à peine les oiseaux de toutes couleurs avaient-ils salué d'une tendre et délicate mélodie la venue de l'aurore aux doigts de rose... que le fameux chevalier don Quichotte de la Manche, etc.*
Le Quichotte abandonne peu à peu, disais-je, ses grandiloquences lyriques, tandis que Sancho lentement s'affirme et lentement s'autorise à parler : du pouvoir, de la liberté, de l'amour et de la mort, avec une liberté qui vient défier toutes les conventions du moment.
Il va jusqu'à mêler sa gouaille aux conversations que le Quichotte entretient avec des seigneurs de son rang, n'hésitant jamais à donner son point de vue, à la grande stupéfaction d'un témoin qui s'écrie : *Je n'ai jamais vu qu'un écuyer intervienne dans une conversation de maîtres.*
Sancho le reconnaît humblement : c'est don Quichotte qui l'a éduqué et l'a hissé au-dessus de lui-même, et c'est lui qui l'a fait advenir à la parole, au sens plein,

au sens fort, au sens profond du mot, la parole dont vous connaissez, cher Monsieur, les pouvoirs, puisque vous avez l'arrogance d'écrire.

Son exemple, sa confiance, son ascendant et sa houleuse éloquence (les grandes passions ne sont-elles pas toujours éloquentes ?) l'ont encouragé à prendre le risque de parler (de devenir sujet, diraient les psychanalystes).

C'est parce que vous avez dû me passer un peu de votre sagesse, monsieur. Même les terres sèches et stériles donnent de bons fruits quand on les fume et qu'on les cultive. Le fumier, c'est votre conversation, qui est tombée sur la terre stérile de mon esprit.

La terre sèche de son esprit est devenue fertile, sa bouche, en conséquence, s'est ouverte, et un ciel s'est alors devant lui déployé. Sancho s'exprime désormais en langue si « entortillée » que sa femme Thérèse peut à peine le comprendre et l'exhorte vivement à rester à sa place : celle d'un pioche-terre ! À quoi Sancho rétorque fermement : celui qui ne sait pas saisir le bonheur quand il vient ne doit pas se plaindre quand il passe.

Il peut en revanche s'adonner désormais, en compagnie de son maître, à des conversations de haute altitude qui le font son égal (j'ai dit son égal, je n'ai pas dit son pote), puisqu'il n'est de parole possible qu'entre deux personnes pareilles en dignité (j'ai dit pareilles en dignité, je n'ai pas dit semblables).

Le Quichotte et Sancho progressent l'un vers l'autre et confabulent de concert.
Côte à côte en faisant leur footing, pardon, en chevauchant le long d'un chemin de terre et sous le silence du ciel, les voici échangeant leurs points de vue sur la postérité et la gloire, thèmes particulièrement chers au cœur de don Quichotte.
Sancho, qui ne se sent pas contraint de partager l'avis de son maître comme la règle le prescrit, déclare rondement que les trompettes de la renommée sont chez lui mal embouchées, qu'il se soucie de l'approbation publique comme d'une figue (pourquoi d'une figue ?) et qu'il s'accommode fort bien d'être simplement ce qu'il est (je résume).
Aux yeux de don Quichotte, le désir d'édifier leur notoriété et de jouir de l'admiration des foules (toujours prêtes à se pâmer devant les braillards et les forts en gueule, c'est moi qui rajoute) induit les hommes ambitieux à des excès funestes.
Or, don Quichotte l'affirme avec fermeté, obtenir un titre prestigieux après des années d'intrigues, de calculs, de trahisons, de sollicitations, de manigances savantes ou d'infâmes flagorneries, pratiques regroupées de nos jours sous le nom d'arrivisme, lui semble misérable.
Il n'est, selon lui, d'autre gloire que vertueuse.
Et il ne voudrait, pour rien au monde, d'un prestige éphémère autant que mal acquis !

Aussi l'abandonne-t-il aux médiocres qui se dépensent sans compter pour s'assurer de leur vivant une petite propagande et ses avantages afférents (la tune en quantité proportionnée et, très important, de plus en plus important, l'exhibition narcissique de leur très précieuse et très irrésistible personne par tous les moyens existants, c'est encore moi qui rajoute), laquelle propagande, en ce monde si prompt à l'oubli, s'effacera comme le reste.
Le Quichotte, lui, se contentera de la Gloire dans les siècles futurs, d'une Gloire étendue à l'Univers entier, et, si possible : Éternelle.
Autrement dit : rien de bien assuré.

De jour en jour, disais-je, le lien entre les deux grandit comme poussent les arbres, comme germe l'amitié. Et ils vont finir par former un couple inséparable.

Vous laissez entendre perfidement, Monsieur, que ce couple constituerait ce que les psychiatres appellent un cas de « folie à deux ».
C'est que vous ignorez, et cela me chagrine, c'est que vous ignorez ce qu'est une rencontre, une véritable rencontre entre deux êtres.
C'est que vous ignorez, Monsieur, ce qu'est l'amitié, l'amitié qui ne peut exister que dans la plus parfaite équité et le respect le plus bienveillant des désaccords et dissemblances ; l'amitié qui déjoue tous les effets

pervers de la domination et congédie les violences d'un monde où chacun est amené à soumettre l'autre par tous les moyens.
C'est que vous ignorez ce qu'est une amitié fidèle, une amitié tenace, une amitié unique entre deux hommes qui, à cause ou plutôt grâce à leurs différences contrapuntiques (pour la beauté du mot), réalisent ensemble une combinaison, un agencement des plus harmonieux, un duo comme on le dirait en musique, dans un attachement, une complémentarité et une complicité qui jamais ne se démentent.

Un couple d'équilibre, Monsieur. Un duo *sol y sombra*, comme on le dit chez vous. Je découvre à cette occasion que *Sol y Sombra* est le nom d'une boisson très populaire dans votre pays, mélange d'anis doux et de brandy qui arrache : tout à fait notre couple.

Un couple d'équilibre, Monsieur, mais presque trop parfait dans ses contrastes et ses oppositions, presque trop parfaitement complémentaire pour que l'on y croie vraiment.
Est-ce cette idéale symétrie qui l'aurait fait mythique ?

Car je suis heureuse de vous l'apprendre, Monsieur, votre couple idéal est devenu mythique. Auriez-vous soupçonné de votre vivant que vos deux créatures vous

survivraient et qu'elles auraient devant elles un si bel avenir ?
Je suppose que vous vous en réjouissez. Mais permettez-moi de vous dire ceci, à vous qui les traitez si mal, à vous qui les aimez sans doute autant que vous les détestez : vous ne les méritez pas !
D'ailleurs, les deux personnages vous ont échappé depuis longtemps et vivent leur vie depuis quatre siècles, hors de votre contrôle et tout à fait indépendamment de vous.
Il semble même qu'ils aient, depuis, gagné en vigueur, en densité et en gloire.

10

Votre couple, Monsieur, est devenu mythique, vous avez quitté ce monde trop tôt pour le savoir. Et je vais à présent tenter de vous donner les raisons de ce devenir mythe que vous n'aviez sans doute pas du tout présagé et qui s'est affirmé lentement au cours des quatre siècles qui nous séparent.

L'un est doté d'un rude sens de la réalité.
L'autre entretient, avec cette dernière, d'inextricables et incessants démêlés.

L'un a les pieds sur terre (et souvent dans la boue).
L'autre cherche son chemin à travers monts et forêts sans jamais quitter des yeux les étoiles ; et quand il atteint un sommet, c'est le ciel au-dessus qu'il désire.

L'un se démène dans les besognes les plus triviales : assurer (mal) le gîte et le couvert, tenir les cordons de la bourse, veiller au bien-être des bêtes, arrondir les angles qui risquent d'écorcher, autrement dit : se charger des basses contingences et de leurs eaux sales. L'autre ne peut borner sa vie au seul souci de vivre, et galope sans cesse après « l'inaccessible azur ».

L'un (le Quichotte) est colérique autant qu'il est bon, infiniment bon, incurablement bon.
Mais vous ne nous laissez pas penser un seul instant que ses colères sont des colères gentillettes, des petites bouffées, des rognes riquiqui, les coups de gueule d'un irascible n'ayant d'autre visée que de se rassurer sur ses capacités viriles.
Ses colères à lui n'ont rien à voir avec les trépignements des soupe au lait, ni avec les rages éruptives autant que passagères des caractériels surmenés, ni avec les attaques de nerfs des hystériques en crise, ni avec ces fulminations d'amateurs qui hurlent « enculé » dans leur bagnole à qui ne peut les entendre. Ses colères à lui sont des colères grandioses, des colères homériques, des colères colossales. Les colères majuscules de ceux-là seuls qui font changer le monde parce qu'ils concentrent, à leur insu parfois, toutes les colères errantes de leur temps. Des colères égales en fureur à celles de l'Orlando d'Arioste dont il a sans doute lu les exploits avant qu'il ne se mue en chevalier errant.

L'autre l'exhorte à la patience, essaie calmement de tenir en laisse ses colères, et se montre d'excellent conseil pour éviter qu'elles ne s'embrasent.

L'un, qui n'a que mépris pour le risque, rue tête baissée sur l'obstacle. C'est l'éclair. La rafale. Le grand vent qui démâte. C'est l'instant sublime. Puis patatras : la réalité. L'autre pèse raisonnablement le pour et surtout le contre ; s'ingénie à freiner son bouillonnant seigneur et à tempérer ses ardeurs batailleuses, lui glissant à l'oreille que *se retirer n'est pas fuir ; et il n'est pas raisonnable d'attendre quand le danger est si grand qu'il n'y a aucun espoir* ; ce qui est du spinozisme pur : La vertu d'un homme libre se montre aussi grande, disait Spinoza, quand il évite les dangers que quand il en triomphe.

Il vole au secours de son maître chaque fois que celui-ci se trouve dans de sales draps ou qu'il va à la casse, c'est-à-dire souvent. Et plus d'une fois, son bon sens lui sauve la peau. Si bien qu'on ne sait plus qui, du seigneur ou de l'écuyer, tient la bride.

Sancho le supplie, par exemple, de renoncer à se mesurer à deux lions aussi énormes qu'affamés, transportés en cage dans un char à bœufs en direction de Madrid, et destinés à être offerts à Sa Majesté par le gouverneur d'Oran.

Car le Quichotte, qui veut prouver et se prouver qu'il ne tremble devant rien ni personne, et qu'il peut

terrasser de sa hallebarde les bêtes les plus fauves, a lancé au gardien de l'étrange équipage, et sur un ton des plus comminatoires :
Allons, coquin, dépêche-toi d'ouvrir ces cages, si tu ne veux pas que je te cloue sur ton chariot avec ma lance !
Sancho le supplie dans les larmes de renoncer à pareille folie, à côté de laquelle l'aventure des moulins à vent n'est qu'une misérable broutille.
Mais le Quichotte reste sourd à ces supplications. Il saute de son cheval, dégaine, impavide, son épée, et va se camper hardiment devant la cage dont le gardien a entrebâillé la porte.
Le lion, indifférent, ouvre une gueule énorme, s'étire avec aisance, bâille longuement, puis après avoir regardé d'un côté et de l'autre, tourne le dos au Quichotte et lui présente son derrière.
Fin facétieuse de l'épisode.

L'un est comme ma chère Marina Tsvetaeïva, une poétesse russe que vous jugeriez folle à n'en pas douter et qui disait d'elle-même qu'elle était la démesure en un monde de mesure, l'*hubris* en langage grec, l'*hubris* dont Alcibiade accusait Socrate d'être porteur et qui risquait de le conduire à l'insolence et à l'outrage, « Socrate, tu passes les bornes ! ».
Le Quichotte passe les bornes.
Le Quichotte est l'excès en personne.
Le Quichotte est excessif en tout.

Il est excessif en amour et ne le marchande jamais, pour la bonne raison que celui-ci est infini ou qu'il n'est pas, pour la bonne raison qu'un amour pingre et rationné n'est pas l'amour mais sa singerie.
Il ne marchande pas plus ses exigences morales, pour la bonne raison que celles-ci ne souffrent, par définition, aucune réserve ni aucune concession et demandent des efforts inlassablement reconduits.
Il n'y a rien en lui de la parcimonie boutiquière qui sordidement dose, pèse et repèse, compte et recompte, ergote, pinaille, lésine, se livre pour quelques pièces à des chipoteries, et craint sans cesse d'outrepasser les bornes.
Le Quichotte, lui, fait reculer les bornes à chacune de ses avancées. Quand il ne les dépasse pas. Quand il ne les renverse pas.
L'autre (Sancho) a de la mesure, vertu éminemment française à ce qu'on dit, et objet de grande satisfaction nationale, la démesure étant laissée aux Espagnols et autres rastaquouères. Thomiste convaincu bien que sans le savoir, il essaie de concilier, avec ce sens de la modération qui le caractérise, sa foi et sa raison, accordant une légère préférence à sa raison lorsque celle-ci vient à pencher très opportunément du côté de sa bourse.

L'un croit mordicus en sa cause qui est de débarrasser le pays de l'engeance crapulesque, fort nombreuse

semble-t-il dans l'Espagne d'alors. Et moi qui vous parle, Monsieur, depuis un autre monde, j'y crois aussi. Lorsque je suis dans un bon jour.
L'autre est bien plus sceptique quant à la réussite d'une aussi vastissime entreprise.

L'un croit aux maléfices et aux enchantements dès qu'un événement survient dont il ne peut saisir la signification (les maléfices et les enchantements sont à votre époque ce que sont à la nôtre les thèses conspirationnistes).
L'autre est doté d'un sévère bon sens. Mon voisin Marcelin dirait qu'il a de la jugeote et qu'il ne se laisse pas rouler dans la farine ou stupidement emberlificoter. Ce n'est pas à lui qu'on ferait prendre des vessies pour des lanternes, ou des moutons pour des soldats planqués ! Ce n'est pas à lui qu'on ferait gober que la terre est bleue comme une orange, n'importe quoi !
Mais tout madré qu'il est, il arrive que l'exaltation de son maître, sa force de conviction et ses éblouissants éclairs de folie le contaminent. Et si les actions du Quichotte l'épouvantent souvent, s'il les fuit quelquefois craignant qu'elles ne causent sa perte, s'il est traversé certains jours du sentiment qu'elles ne mènent nulle part, celles-ci, en même temps, l'époustouflent par leur panache et le séduisent infiniment.
Pris dans les rets d'une délicieuse angoisse, Sancho, tout ensemble désirant et craintif, finit par s'abandonner aux vertiges de son maître, et se laisse emporter,

subjugué, éperdu, sur les chemins fiévreux de l'imagination. Phénomène scientifiquement connu sous le nom de : quichottisation par contact, et dont je suis, cher Monsieur, très sérieusement atteinte.
Sancho se prend alors « à niaiser et à fantastiquer ». Il désire pour lui-même cette grandeur dont il est le témoin ébloui ; rêve tout haut de pouvoir, d'opulence, de choses qui scintillent et d'appellations ronflantes telles que « Votre Seigneurie ». Il en vient même à se persuader, sur une promesse que lui a fait miroiter don Quichotte, qu'il deviendra un jour le gouverneur d'une île (dont le seul inconvénient, dit-il, est que nul ne sait où elle perche) ; que sa femme Thérèse roulera en carrosse (car aller à pied, pour l'épouse d'un puissant, c'est comme marcher à quatre pattes) ; et que sa fille, dotée du titre de comtesse, sera hissée sur un piédestal garni de plus de coussins de velours qu'il n'y a de Maures au Maroc (je cite).

L'un est bon, foncièrement bon, absolument bon, infiniment bon, je ne le dirai jamais assez, bon de la bonté des saints, bon d'une bonté qui ne prend pas la peine de le paraître, et qui s'arme et attaque lorsqu'elle se croit profanée.
Bon d'une bonté ouverte, inlassablement ouverte, inlassablement accueillante, qui lui permet de voir en Maritorne, la servante de l'auberge, non pas la fille perdue qu'elle est aux yeux de tous, mais une jeune

femme à l'âme si charitable qu'elle *se livre pour ne pas laisser les hommes se consumer en peine.*

Sous ses dehors martiaux, le Quichotte a le cœur le plus aimant, le plus compatissant, le plus tendre qui soit. Du rumsteck.

Et sa tendresse maladroite, sa bienveillance rogue, sa bouleversante humanité, trouvent surtout à s'exprimer dans son lien à Sancho (qu'il rabroue quelquefois car il est électrique et émotif énormément, mais à qui il demande pardon séance tenante pour ses emportements).

Jamais il ne pactise, contre Sancho, avec quiconque.

Jamais ne le trahit.

Jamais ne se désolidarise de lui.

Il refuse violemment par exemple de se joindre aux crétins qui ont jeté son infortuné écuyer dans une couverture et l'ont lancé en l'air comme une pauvre balle.

Ces joyeux drilles n'ont trouvé, en effet, rien de plus amusant que de faire à Sancho *comme on fait avec les chiens pendant le Carnaval. Le malheureux poussait de tels cris qu'ils parvinrent aux oreilles de son maître... Alors, du haut de Rossinante, il lança à ceux qui bernaient Sancho un tel chapelet d'insultes et de malédictions qu'il est impossible de les rapporter ici.*

Ce misérable spectacle, dit le Quichotte, lui a fait plus de mal à l'esprit que Sancho n'a eu de mal dans son corps.

Cracher sur l'amitié, pactiser aux dépens d'une dupe, s'esclaffer en meute devant un homme qu'on rabaisse et qu'on fait souffrir, très peu pour lui !

Les joies de l'hidalgo sont autrement inoffensives. *Exécuter des cabrioles, le cul à l'air, ce qui découvrit des choses telles que, pour ne plus les voir, Sancho tourna bride*, suffit à son contentement. Et au nôtre, cher Monsieur.

Convenez à ce propos que ces enfantillages offusquent moins la vue (et l'âme) que l'égoïsme monstrueux de ces duc et duchesse qui, pour satisfaire à leurs petits caprices, se jouent de leurs sujets comme de marionnettes.

Au dire de Sancho, qui est celui qui le connaît le mieux : *Non seulement, il* (le Quichotte) *ne fait de mal à personne, mais il ferait plutôt du bien à tout le monde. Il est sans malice aucune : un enfant lui ferait croire qu'il fait nuit en plein midi. C'est d'ailleurs pourquoi je l'aime comme la peau de mon cœur et que je ne me décide pas à le quitter, malgré toutes ses extravagances.*

Mais bien que d'une incorrigible bonté, notre hidalgo n'est pas pour autant un monstre de vertu.

Dès que la colère l'agrippe, il se hérisse l'œil mauvais, s'agite sur sa selle, se fait ombrageux, s'enflamme telle une torche et se met à jurer comme un charretier, j'aurais dû simplement dire comme un Espagnol, les Espagnols étant sans conteste les rois des injures

longues comme le bras, *me cago en la puta madre que te parió*, pour ne citer que la plus classique.
C'est un être excessif, je l'ai dit. Et tout en lui est démesure : son verbe rageur, sa soif de justice, son amour fantasmé, son orgueil, sa probité, sa vaillance, son inflexible volonté et son sens hypertrophié de l'honneur.
Il est effervescent. Emporté comme un cheval sauvage. Et distingué en même temps. Toujours très distingué. Même lorsqu'il agonit d'injures ses adversaires, et qu'il fulmine.
Avec parfois le soupçon d'arrogance de ceux qui ont une juste conscience de leur valeur.
Ultrarapide. Comme si je ne sais quelle urgence le pressait, comme s'il était en retard sur la vie et qu'il devait, à toute force, l'attraper.
Avec probablement cette conscience que le temps lui est compté, et qu'il doit se hâter d'entreprendre avant qu'il ne soit trop tard.
Si impatient d'aller de l'avant et d'agir qu'il force les événements et les provoque, quand il ne les invente pas de toutes pièces.
Et intempestif parce que passionné, parce que traversé d'une pulsion vitale qui souvent l'excède, le déborde, et dont il prodigue autour de lui la force et l'abondance ; d'une pulsion vitale qui peut jaillir en violence lorsque son immunité intérieure se trouve, par trop d'effractions, écorchée.

L'autre (Sancho) est, disons, un bon bougre, une bonne pâte, le meilleur homme de la terre, affirme don Quichotte. Et il est vrai qu'il est pour ce dernier d'une touchante sollicitude et d'un absolu dévouement. Prévenant sans pour autant être servile, il le bichonne avec un soin jaloux, l'aide à enfiler ses habits, l'exhorte à se nourrir lorsqu'il en oublie le besoin (lancé qu'il est dans des circonlocutions aussi longues qu'abstraites), le protège contre les autres et encore plus souvent contre lui-même, l'instruit sur les choses pratiques avec lesquelles son maître se débat comiquement (lorsqu'il s'empêtre dans ses étriers, c'est Buster Keaton dans ses œuvres), lui remonte les bretelles au sens psychologique s'entend lorsqu'il se met à divaguer, essaie par sa débrouillardise de l'arracher aux situations les plus inextricables, tente de refroidir ses accès d'ébullition, et modère ses élans lorsqu'il le voit aller droit dans le mur.

S'il lui arrive de lui mentir, c'est par délicatesse et pour ne point blesser sa sensibilité à fleur de peau. Car le Quichotte est enclin à prendre feu dès que son honneur lui semble offensé, c'est-à-dire à peu près chaque jour que Dieu fait (c'est un Ibère, rappelons-le, et tout Ibère qui se respecte se doit d'être extrêmement susceptible sur la question de l'honneur, ou changer de patrie).

Mais Sancho n'est pas toujours dans les meilleures dispositions à l'égard de son maître. Parfois, après avoir proféré en lui-même près de cent vingt jurons à l'adresse de celui qui l'entraîne dans des situations

aussi insensées, le désir le traverse de l'envoyer valser sans demander son reste : ses folies sont trop folles, ne débouchent sur rien, le font pâtir de la soif et plus encore de la faim, l'obligent à vivre à la dure, dormir à même le sol, souffrir des inclémences du ciel, et risquent fort de les mener tous deux vers un naufrage.
Il lui arrive aussi, pour que don Quichotte lui foute un peu la paix, de se comporter cruellement à son endroit : en lui faisant croire par exemple qu'il a bien remis sa lettre d'amour à la Dame de ses pensées, ou en le faisant s'agenouiller devant une fausse Dulcinée au visage bouffi étalé autour d'un nez camard, qu'il prétend victime d'un enchantement (on dirait aujourd'hui d'un sortilège).
Pire, un jour où don Quichotte s'apprête à le fouetter dans son désir obsédant de « désenchanter » Dulcinée (coups de fouet sur Sancho et désenchantement dulcinesque ayant partie liée dans son esprit quelque peu fébrile), Sancho lui fait un croc-en-jambe et le plaque au sol, genou sur sa poitrine.
Comment, traître, halète don Quichotte, tu te révoltes contre ton seigneur et maître ? Tu oses t'attaquer à celui qui partage son pain avec toi ?
Réponse magistrale de Sancho :
Je n'attaque personne. Et je suis mon seul maître…

L'un (le Quichotte) est un oiseau migrateur « exilé sur le sol au milieu des huées ». Un étranger.

Un étranger qui dénote dans le royaume d'Espagne qui est, à cette époque, aussi surveillé qu'un bagne.
Un étranger sans autre pays qu'intérieur, et qui se débat comme il le peut dans une forêt de signes qu'il interprète à sa façon, et souvent de travers.
Un étranger qui ne parle pas l'idiome de tout le monde mais une langue littéraire incompréhensible à presque tous.
Qui est souvent à côté de la plaque, intervenant mal à propos face à l'ordre établi et presque toujours à son désavantage. L'exact contraire de l'opportuniste, toujours pile à l'endroit où sont les caméras.
Qui délire au sens littéral (étymologiquement, délirer c'est « s'écarter du sillon »).
Et offre à tous un visage d'égaré, son âme innocente et mal contenue visible sur sa face qu'elle éclaire d'une lueur tremblante. Le contre-exemple parfait du type fier de son pedigree : tenue de chasseur, connerie conquérante et menton en avant, qui accuse.
Incompris de son temps, esseulé, reçu à bras fermés ou carrément exclu par les gens qui se croient raisonnables, don Quichotte endure le sort de tous ceux qui, trop précocement, dévoilent quelques pans de vérité sur la société où ils errent. Car seul *le temps qui passe révèle la face cachée de toute chose*, confie à Sancho Panza le sage et prophétique don Quichotte.
L'autre en revanche est parfaitement intégré, comme on le dirait aujourd'hui : nanti d'une épouse, d'une

fille, d'un âne affectionné, probablement d'un petit paquet d'argent caché sous son matelas, d'une petite ferme, d'un petit carré de terre, et d'un petit troupeau de chèvres agiles et capricieuses.
Il pourrait être un bon gros paysan bien de chez nous, bon père, bon époux, bon vivant, brave type, classe moyenne, vote centre droit, sympathique et roublard.
Un bon gros paysan rustaud, lourdaud, mais à qui on ne la fait pas, qui pense que le diable ne dort jamais sur ses deux oreilles et qu'il n'est pas obligatoire de pourfendre tous ceux qui méritent de l'être, puisque la perfection n'est absolument pas de ce monde, ce que François de Sales, votre contemporain, résume de la sorte : là où il y a de l'homme il y a de l'hommerie.
Un bon gros paysan malin et réfléchi que l'angélisme incurable de son maître et son ignorance de l'hommerie jettent régulièrement dans les pires inquiétudes.

L'un est candide au possible, et le premier malin venu peut abuser de lui. Mais s'il l'est davantage qu'un autre (candide), s'il est aveugle à la rouerie et à la malignité des hommes, c'est que tout simplement il ne lui est pas donné de les concevoir. C'est que tout simplement son âme est innocente. Don Quichotte est un innocent, parfaitement. Don Quichotte est un innocent dangereusement innocent. Un cœur pur. Un enfant.

Il a gardé en lui, par je ne sais quelle grâce, cette part d'enfance qui est, dit-on, la marque des poètes, et il en a conservé le goût des plaisirs puérils.
L'autre essaie de lui déssiller les yeux, et parfois rudement. Lorsque le Quichotte l'interroge par exemple sur la rumeur qui court à son sujet, Sancho répond sans détour : que les gens du commun le prennent pour un dingue, les gentilshommes pour un imposteur (un hidalgo porte-t-il des bas noirs reprisés avec de la soie verte ?) et les chevaliers errants pour un intrus. Envoyé ! Et après que le Quichotte est descendu dans le gouffre de Montesinos où il prétend avoir vu des merveilles à foison, Sancho lui balance que ce ne sont là que foutaises et histoires à dormir debout, bref, qu'il se la raconte. Et il ne mâche pas ses mots, *même si vous me tuez à cause de ce que je viens de dire*. La vérité pour Sancho ne se négocie pas !
Sancho est cash.
Il dit les choses sans chichis, et sans précautions oratoires.
Il est l'ami que l'on rêve d'avoir.
Il ne sait pas retenir ce qu'il a sur le bout de la langue, qu'il porte bien pendue, et don Quichotte craint toujours qu'il ne se déboutonne devant des personnes pincées et aux oreilles délicates. Il affectionne les dictons bien sentis quoique d'un goût discutable, et donne de la voix chaque fois qu'il l'estime nécessaire. Et ce n'est pas la présence d'un duc et d'une duchesse qui vont

le contraindre à la boucler ! Les méchants distingués ne lui en imposent pas ! (Ou pas longtemps !) Lui a sa dignité, son quant-à-soi, et personne au monde ne les piétinera ! *Qu'on me mette seulement un doigt dans la bouche, et on verra si je sais mordre !* annonce-t-il, l'air crâne. Freudien avant l'heure, il accorde à la parole une importance considérable : *Il faudrait rester bouche cousue, sans oser dire ce qu'on a sur le cœur, comme si on était muet.*

L'un a l'orgueil d'un enfant. Ou d'un toréador.
Et un certain penchant à la forfanterie et aux rodomontades.
Car le Quichotte, je dois, de mauvaise grâce, le reconnaître, le Quichotte est souvent pris en flagrant délit de fanfaronner. Il aime à frimer, à faire son intéressant, à se donner des airs, c'est sa coquetterie. Il ne se prend jamais pour la queue d'une poire, dirait Sancho, et aime à être flatté en conséquence, surtout par les dames (dont il n'attend aucune faveur, je le précise, et qu'il n'a aucunement l'intention d'emballer), juste pour s'accorder les puériles satisfactions de l'orgueil. Un brin mégalo, il surévalue ses forces, se surcote diraient nos financiers dont le vocabulaire infecte lentement notre langue, un fléau, cher Monsieur, un fléau auquel vous avez eu la grande chance d'échapper.
Il veut faire du verbe littéraire chair, *nada menos* ; se croit absolument invincible ; s'imagine voué aux

sommets sur lesquels se nichent les aigles ; prétend orgueilleusement mettre à mal une colonne de cent Turcs ; déclare qu'à lui seul il équivaut à une armée ; se dit prêt à affronter le diable cornu en personne ; s'imagine qu'il fait un tabac auprès des jeunes filles et qu'aucune ne peut le regarder sans irrésistiblement s'en éprendre ; et affirme, pour faire bonne mesure, que si sa vocation de chevalier errant ne l'absorbait si complètement, il n'y a rien qu'il ne saurait faire, nul objet qu'il ne pourrait fabriquer, *surtout en matière de cage d'oiseaux et de cure-dents* (lui faites-vous dire avec votre humour coutumier).

Le Quichotte, dans ce que certains ont appelé son délire de grandeur, s'évertue à donner de sa personne une image idéalisée, valeureuse, sublime, théâtrale, une image de toute-puissance à laquelle il s'identifie et dont il est, à vrai dire, captif.

C'est sa faille : vouloir disparaître dans cette image qu'il se fait de lui-même, s'y confondre, être adéquat à son reflet. Heureusement, il ne parvient jamais à cette adéquation, piège mortel.

Si l'un, donc, est quelque peu immodeste et se prend pour l'incarnation d'un héros chevaleresque, l'autre est humble, prévoyant, pondéré, prudent (presque cauteleux), débonnaire, avec en lui quelque chose d'assis et de fataliste. *Ennemi des noises et querelles, et ne valant rien pour la bagarre*, il sait, en revanche, imiter à s'y méprendre le long et douloureux braiment des ânes.

Bref, le contraire du héros, tel qu'on se l'imagine. A-t-on jamais entendu braire Achille ou Perceval le Gallois ? Mais il se montre extrêmement sensible au côté frimeur de son maître, lequel est doté, de surcroît, d'un cœur sublime et d'une âme passionnée, parle le latin aussi parfaitement qu'un bachelier, connaît toutes les lois de la justice distributive et commutative, fait montre d'une courtoisie empressée, notamment auprès de la gent féminine, s'exprime comme un livre c'est-à-dire en délayant délicieusement la sauce, et déploie face à l'adversité un courage des plus bluffants.
C'est peu dire qu'il l'admire.
Et dans son admiration, il va jusqu'à le comparer à saint Jacques Matamore, personnage longtemps hissé en Espagne au rang de héros national pour avoir dégommé en 844 un nombre conséquent de Maures (d'où son nom de légende) dans la bataille de Clavijo contre l'armée d'Abd el-Rahman II et, depuis peu, fortement contesté.

L'un est d'un courage immense, je l'aurai assez dit, méprise son propre intérêt et ne veut rien savoir de la mort, qui est notre horizon à tous et fonde nos limites. Là est sa force et là est sa faiblesse. Et, aux yeux de certains, sa folie.
Mais s'il est vrai que la Mort est ce qui épouvante les hommes, sidère leur esprit, ou les précipite dans les divertissements les plus imbéciles ; s'il est vrai

que la peur de mourir empêche au fond de vivre ; le Quichotte semble avoir pressenti que la meilleure façon de la surmonter (cette peur) était, non pas de l'ignorer ou la dénier, mais de lui faire face les yeux grands ouverts, et de lui tenir tête sans en faire tout un plat.

Sancho, lui, n'est pas du tout dans les mêmes dispositions que son seigneur et maître. *Corazón de mantequilla*, il lui arrive de déguerpir dès lors que le danger se profile (tout en alléguant de séantes raisons) ; de tirer profit de la confusion pour se cacher, épouvanté, derrière un arbre ; de trembler de tous ses membres tel un épileptique lorsque la situation vire au désastre ; de se signer quinze fois d'affilée et à toute vitesse en priant le Seigneur (l'Autre, le Tout-Puissant, celui d'En Haut) de les épargner ; d'être pris, sous le coup de la peur, de coliques irrépressibles qui lui tordent les boyaux ; et même, poussé par une sainte trouille, de grimper comme un singe à la cime d'un arbre.

Sancho a une aptitude étonnante à la vie, à l'amitié, aux plaisirs, à la bonne chère, aux rêves grandioses… Et pour lui, nulle cause au monde ne vaut qu'en mourant l'on s'en prive.

L'un est radical, je n'y reviendrai pas.

L'autre est doué de cet art de transiger dont le Quichotte est entièrement dépourvu. Dès lors qu'il se voit acculé, il fléchit, fait profil bas, rétrograde bon gré mal gré, obtempère prudemment, fait quelques concessions et finit par accepter avec philosophie ses humaines limites.

Sancho sait faire contre mauvaise fortune bon cœur.

Il est l'homme de la voie moyenne.

L'homme des arrangements et des renoncements.

Et pour renoncer, il faut, prétendent ceux dont le renoncement est une passion, il faut du courage. Une autre forme de courage que le courage du Quichotte. Un courage moins sensationnel, moins ébouriffant, moins m'as-tu-vu, moins orgastique. Un courage pâle, ballot, un courage modeste si cela peut se concevoir. Un courage qui au lieu de vous grandir vous diminue, vous rapetisse, et vous amène à accepter les coups, l'opprobre ou l'avilissement, à accepter l'inacceptable. Mais est-ce là vraiment ce qu'on appelle courage ? Le véritable courage peut-il se satisfaire d'un tel amoindrissement ? Permettez-moi, cher Monsieur, d'en douter.

Sancho manifeste en revanche une forme de courage qui mérite pleinement son nom bien que tout aussi terne et sans panache que celui de renoncer : le courage de la fidélité. C'est-à-dire le courage têtu, quotidien, modeste, sans lyrisme ni démonstrations, de résister à la tentation de s'enfuir en dépit des épreuves subies et de celles à venir, et de persévérer envers et contre tout dans une relation, au nom de l'amitié qui, chaque jour, la consolide et l'affermit.

L'un est très attaché à son maigre roussin.
L'autre aime son baudet presque autant que son épouse, l'appelle son ami et compagnon de misères, et pleure à chaudes larmes lorsqu'il lui est volé. Il se déclare, par ailleurs, hostile à la chasse (passe-temps, dit-il, réservé aux fainéants ainsi qu'aux oisifs) car il lui est inconcevable qu'on assassine un animal qui ne vous a rien fait.
Animalistes bien avant l'heure, parfaitement ! l'un et l'autre le prouvent par l'affection qui les lie à leurs deux quadrupèdes, les soins attentifs que constamment ils leur prodiguent, les claques sur la croupe dont ils les gratifient tendrement, et le chagrin qui tous deux les accable lorsqu'ils en sont momentanément séparés ou lorsque l'un des deux (Rossinante en l'occurrence) s'en va batifoler avec mesdames les juments sans en demander la permission à son maître (ce qui lui vaut d'ailleurs une belle raclée de la part de muletiers sans cœur).
Mieux encore, parmi les choses stupéfiantes que vous relatez dans votre livre, il y a ce lien si beau qui unit Rossinante au baudet de Sancho, ce lien si tendre, si pur, si chaste – oui, chaste, contrairement au préjugé qui prête aux ânes des dispositions sexuelles aussi remarquables qu'enviées –, ce lien d'affection, ce lien d'amitié, ce lien plus qu'humain, les deux bêtes s'empressant de se frotter l'une à l'autre dès lors qu'elles sont réunies, et pouvant *rester ainsi sans bouger, les yeux au sol, trois jours durant.*

Lien d'amitié que certains hommes tentent quelquefois de reproduire, dites-vous. *Car les hommes ont beaucoup appris des bêtes dans toutes sortes de domaines : des cigognes ils ont appris le clystère, des chiens le vomissement et la reconnaissance, des grues la vigilance, des fourmis la prévoyance, des éléphants l'honnêteté, et des chevaux la loyauté.*

Lien d'amitié tel celui qu'ont tissé lentement don Quichotte et Sancho, avec tout le bienfait qui, pour eux, en découle.
Bienfait pour don Quichotte :
Parce que Sancho est sa main amie, sa main fidèle, son garde-fou, son abri, son rempart, son factotum, son confident, son réconfort, son intercesseur, son psychanalyste, son coach, son confesseur, son maître d'hôtel, son avocat, son agent, son arbitre, son habilleuse, son faire-valoir, son chargé de mission, son consolateur, son modérateur, son bon ange, sa béquille, son frère en détresse et son oblative maman.
Parce que Sancho sait mieux le monde que lui-même. Sancho a compris par exemple que c'était l'argent qui menait la danse et qu'il n'y avait au fond que deux familles (on dirait aujourd'hui deux classes) : celles qui en ont et celles qui n'en ont pas, les deux se faisant perpétuellement la guerre ; tout le reste : foutaises. Quant à lui, il préfère les premières, car *au jour d'aujourd'hui, l'avoir passe avant le savoir : un âne*

couvert d'or a meilleure mine qu'un cheval bâté. Il semblerait, cher Monsieur, que cela soit toujours le cas.
Parce que (je continue à dérouler l'inventaire des raisons qui ont fait de ce couple un mythe universel), parce que Sancho l'exhorte à remonter la pente chaque fois que, las de subir rebuffades, avoinées et affronts divers, il est sur le point de s'abandonner à la mélancolie (Sancho a peut-être deviné que tant de bravades pouvaient cacher chez son maître je ne sais quelle secrète détresse). *Que diable*, lui dit-il, *vous n'allez quand même pas vous laisser abattre ! On n'est pas en France ici.* (J'aimerais que l'on puisse un jour m'expliquer cette remarque.)
Parce qu'aux yeux de don Quichotte qui connaît si mal les hommes pour les avoir seulement *feuilletés*, Sancho est celui qui le rattache à la communauté humaine. Celui qui lui permet de dire « nous ».
Car Sancho est le plus humain des humains.
Car Sancho est tous les hommes.
Il est vous, il est moi, il est nous.
Et rien de ce qui nous agite ne lui est étranger.
Ni ange ni bête. Mais ange et bête. Bon et bas. Loyal et lâche. Égoïste et généreux. Tendre et cruel. Et se sachant mortel. Comme vous, cher Monsieur. Comme moi. Comme nous.
Et c'est parce que Sancho connaît intimement tous les registres de l'imperfection humaine, qu'il peut se poser en moraliste consommé et assaisonner ses discours de dictons et proverbes qui ne cassent pas trois pattes à

un canard mais que le Quichotte accueille en souriant comme on passe à un enfant ses caprices. Lieux communs du genre : Qui se frotte à l'ail ne peut sentir la giroflée, ou : Un moineau dans la main vaut mieux qu'une grue qui vole ou Qui sonne le tocsin ne va pas au feu... On a fait mieux. Mais ces adages, que Sancho lâche quelquefois en rafales, sont la seule façon pour lui de faire entrer dans une forme convenue, sommaire et sans doute méprisée des gens de goût, les choses profondes, complexes et inexprimables qui secrètement le remuent.

Et parce qu'enfin, si le Quichotte est un exilé, un étranger, un errant, Sancho est le havre où il peut déposer à la fois son fardeau, ses rêves et ses folles espérances. Sancho est sa maison. Comme les livres le furent pour lui, autrefois. Comme ils le sont pour moi à l'heure où je vous parle.

Pour Sancho, le lien au Quichotte est aussi une chance. Car la fréquentation d'un hidalgo ne rêvant que de sentiments élevés et de desseins sublimes, et aspirant à tout sauf à une vie rangée des voitures, lui a révélé qu'une autre existence, que d'autres existences lui étaient possibles.

En le nommant son écuyer, don Quichotte l'a en effet arraché à une vie bornée et affreusement casanière, une vie sans risques, sans éclats, sans surprises, et toute décidée d'avance.

Il l'a arraché au maniement de la bêche qui fait les mains calleuses, à l'atroce lenteur, à la soupe du soir dans laquelle on remue, hébété, la cuiller, à l'ennui du mariage, aux jours qui se ressemblent et aux hivers de mort.
Il lui a offert la chance d'un recommencement, un dépaysement constant, la découverte des grâces écuyères et la révélation d'un monde sans commune mesure avec le minuscule territoire dans lequel il s'était, jusqu'alors, cantonné.
Il lui a ouvert la possibilité de se découvrir autre, de se désencombrer de l'image étriquée qu'il se faisait de lui, et surtout, surtout, de vivre d'autres vies.
Sachez, Monsieur, que dans mon pays, il n'est pas un adolescent qui ne sache par cœur cette phrase d'un jeune poète de génie dont je vous ai déjà parlé : « À chaque être, plusieurs autres vies me semblaient dues. »
Je note que, sur ce dernier point, votre Quichotte, se montre indépassable. Car non seulement, il ne s'accommode pas d'une unique, dérisoire et minuscule destinée, mais, à l'instar de « ces hommes océans » admirés par Hugo, qui savent en tisser des centaines et exprimer avec génie la vérité de chacune d'elles – ces hommes océans parmi lesquels, cher Monsieur, vous figurez aux côtés de Shakespeare –, il en revendique sous son seul nom pas moins de vingt-trois :
Je sais qui je suis, et je sais que je peux être non seulement ceux que j'ai nommés (seigneur Baudoin,

seigneur marquis de Mantoue et seigneur Maure Abencérage), *mais encore les douze Pairs de France et les neuf Hommes illustres.*
Sans compter les vingt-cinq de la Table Ronde, les Phébus, les Bélianis, les Tablants, Olivants, Tirants et quelques autres qu'il se doit de ressusciter.

Le Quichotte et Sancho forment en conséquence un couple innombrable et que rien, décidément, ne saurait disjoindre.
Avec le temps et les épreuves traversées, avec les joies, les mécomptes et les désagréments qui s'allègent à être partagés, chacun a gagné l'estime de l'autre, chacun est devenu l'indispensable de l'autre.
Et les deux ont fini par créer un lien d'une affection, d'une fidélité et d'une solidité sans faille, ou presque.
Ils sont au fond comme deux enfants perdus, deux enfants jetés dans un monde de brutes, mais qui s'épaulent, se soutiennent et veillent affectueusement l'un sur l'autre.
Dans un univers, Monsieur, où l'action n'est plus la sœur du rêve, est-il insensé de vouloir demeurer dans le pays enchanté de l'enfance et de dédaigner farouchement les « il faut » réalistes prônés par les esprits trapus ?

Ma louange (car vous l'avez compris, les lettres que je vous adresse ne sont que louanges à leur endroit), ma louange va donc, sans une hésitation, à vos deux personnages.

Le Quichotte et Sancho forment un couple qui est, d'une certaine manière, notre miroir. Les deux en nous cohabitent. Nous nous reconnaissons dans l'un comme dans l'autre, selon les jours et nos chagrins ; et leurs révoltes, leurs impasses, leurs craintes et leurs contradictions sont, à des degrés divers, les nôtres.

Tantôt nous oscillons de l'un à l'autre. Un jour nous sommes épris d'absolu et lisons fiévreusement les œuvres de Friedrich Wilhelm Joseph von Schelling, le lendemain, tout à nos fourneaux et à nos casseroles, la réalité nous rattrape et nous contraint à des choses triviales. Un jour nous rêvons d'honneurs, de médailles et d'applaudissements, pour en mesurer dès la nuit tombée la ridicule vanité. Un jour nous ouvrons grand nos bras aux autres, que nous refermons méchamment après une nuit d'insomnie. Un jour, d'humeur maussade, nous écrivons des textes fades et polis mais qui nous semblent sages, pour célébrer un mois plus tard les errances de don Quichotte, et ses bravades et ses tempêtes et ses enfièvrements et ses extravagances et ses hautes fantaisies et ses magnifiques hardiesses et les feux grégeois qu'en tout lieu il allume.

Tantôt les deux sont en nous divorcés, voire ennemis et rivalisent à l'envi. L'un nous plaque le nez dans la fange du monde (dont la surface a, semble-t-il, tendance à s'étendre), tandis que l'autre nous emporte vers la contemplation poétique des choses. L'un oriente nos pas vers un enlisement morne et secrètement désiré, tandis que l'autre nous entraîne dans une gesticulation effrénée autant que stérile. Et ces forces adverses s'affrontent en nous, s'entrechoquent et se déchirent, quelquefois jusqu'à la dévoration, quelquefois jusqu'au crime.

Tantôt nous sommes les deux, ensemble et simultanément, les deux violemment inverses et violemment égaux, et chacun tirant de son côté avec la même force. Nous ne savons plus alors à quels saints nous vouer, et saisis de vertige, nous nous surprenons à dire oui et non dans un même souffle, je reste et je m'en vais, je veux et je veux pas, je t'aime et je t'aime pas, je suis ton maître et ton esclave… Grande cause de collisions et d'embrouillements politico-psychologiques et affectivo-sexuels (ruptures définitives et réconciliations immédiates, claquements de porte suivis d'intempestives embrassades, billets acides neutralisés sur-le-champ par la livraison de cinquante roses rouges, etc.)

Exceptionnellement les deux sont en nous réconciliés. C'est alors la sagesse. Et la mort ?

11

Si vous le permettez, Monsieur, quelques mots à présent à propos de votre Quichotte amoureux que vous traitez avec un petit sourire narquois des plus détestables.
Car votre Quichotte est amoureux, excessivement amoureux, religieusement amoureux, dit Sancho. Il a le cœur épris jusqu'au foie, dit le même, non sans malice.
Et pour le demeurer, que fait-il ?
Il fuit constamment l'objet de son amour et l'évite de mille façons et sous mille prétextes.
C'est qu'il a tout compris, cher Monsieur.
C'est qu'il a compris que l'éloignement ou l'absence engendraient l'appel d'air qui donne à l'amour son essor.
Il a compris que la privation et le manque exacerbaient follement le désir (les poètes courtois racontaient que l'intensité liée à son inassouvissement atteignait des degrés tels, que l'amant et sa Dame, exténués et pantelants, se trouvaient pris de commotion lorsqu'ils finissaient, après avoir souffert mille attentes et

tergiversations, par s'effleurer du bout d'un doigt. Il arrivait même qu'ils tournassent de l'œil).

Il a compris aussi qu'amour signifiait leurre, signifiait duperie, signifiait aveuglement, signifiait projection sur l'autre de qualités purement imaginaires, je sens que je vais déplaire. Semblable en cela à l'amour que porte un père à son enfant sans beauté ni talents, *amour qui* (je cite votre prologue) *lui met un bandeau sur les yeux et l'empêche de voir ses défauts ; il est si bien aveuglé qu'il considère ses sottises comme des marques de jugement et de subtilité et les rapporte à ses amis pour des traits d'esprit et de finesse.*

Il a compris que, pour ne point risquer un inévitable fiasco, il fallait se garder d'approfondir le gouffre entre l'illusion délicieuse, littéraire et somme toute très confortable, et l'impitoyable réalité ; il fallait que Dulcinée restât une fiction merveilleuse, une image sans tache, un songe au paradis des songes.

Il a compris que l'amour-de-près, l'amour domestique et bien réglementé, ne pouvait longtemps demeurer sur les cimes et engendrait fatalement déceptions, amertume, criailleries, et toutes sortes d'emmerdements – ce que presque tout le monde sait et que presque tout le monde dénie.

Il a compris surtout qu'amour signifiait sexe, et que le sexe était véritablement totalitaire, qu'il vampirisait la cervelle, la troublait, la torturait, l'obscurcissait, et

vous faisait chavirer en moins de deux dans l'illogisme le plus pur.
Il a compris qu'Éros rendait con.
Le cul, la bite = zéro.
Pas de baise donc.
Pas de cajoleries, pas de mamours ni autres mignardises. Pas de lubricité adhésive. Pas d'attendrissements émollients, ni d'élucubrations libidineuses qui finissent par vous amollir le tempérament. Pas d'angoisses éprouvantes lorsque l'amante a ses nerfs ou qu'elle réclame sa ration syndicale de caresses. Pas de participation à l'œuvre procréatrice bien que fortement applaudie par la Nation et Notre Mère l'Église. Et pas de routine fornicatoire. Jamais !
Le Quichotte ne s'accordera aucune dérogation.
Et son amour pour Dulcinée restera inconsommé, à l'instar de celui de Dante pour Béatrice.
Les appels de la chair et ses prétendus sortilèges, les affres sexuelles qui vous laissent en loques, ne le détourneront en aucune façon de sa voie.
Il ne se laissera pas égarer par elles.
Il les tiendra en bride sans l'ombre d'un regret, et dévouera sa vie aux plaisirs de l'âme qu'il sait moins précaires, moins fugitifs, pour ne pas dire moins expéditifs, moins étourdissants et bien moins adhésifs, que dis-je ?, moins poisseux, que les plaisirs charnels.
Mais comment résister aux pensées dites impures, aux désirs souterrains qui tourmentent le corps ? comment

résister à l'irrésistible ? comment refouler ces ardeurs sur lesquelles nulle volonté, nulle morale, n'a de prise ? Difficile aujourd'hui de ne pas déceler, dans les agissements fougueux de notre Illustre, autant de décharges libidinales, et dans les jets d'injures qui régulièrement jaillissent de sa bouche autant d'équivalents jaculatoires. Mais vous écrivez votre roman avant 1604, cher Monsieur. Freud, dont je vous ai parlé, n'est pas encore né, l'hégémonie de la psychanalyse ne s'est pas encore abattue sur les esprits, et le sexe n'est pas vraiment entré, si j'ose dire, dans le vocabulaire et les consciences. Le Quichotte peut donc jouir en toute quiétude de son ignorance, sublimer sans souci ses pulsions érotiques en les convertissant en gestes héroïques et déclamations d'amour bébêtes, et cultiver, sans s'inquiéter de leur nature œdipienne, ses petits côtés vieux-garçon-cul-serré.

Plus austère qu'un chartreux, plus ascétique qu'un Père du désert, on ne le surprend jamais une gaudriole à la bouche (il laisse ces vulgarités aux picaros). Jamais une allusion scabreuse ou à double sens du genre « Mignonne, allons voir si la rose ». Jamais de spéculations concupiscentes ni de tourments salaces entrecoupés de longs soupirs ou de répugnants lamentos. Quant aux roucoulements et sérénades sous le balcon, assommants pour tout le monde : très peu pour lui !

Le Quichotte est célibataire (à l'instar de Platon, Épictète, Michel-Ange, Léonard de Vinci, Beethoven, Newton, Hölderlin, Kafka, Van Gogh, Artaud et tant d'autres génies), n'a nul projet matrimonial, et le désir de se perpétuer ne l'effleure pas un seul instant.
Tout l'amour qu'il porte à Dulcinée lui est monté, comme on dit, à la tête (zone érogène s'il en est, mais il l'ignore, et c'est tant mieux).
Il jouit d'elle par la pensée (les psychanalystes parleraient de sexualité sublimée), et cela le comble.
Mais bien qu'asexué, son amour cérébral n'en est pas moins intense.
Son amour est ce qui le tient, ce qui l'anime, son sang, sa dope, et le *refuge de ses espérances*.
Son amour constitue la valeur suprême, celle qui entraîne avec elle toutes les autres, celle qui ne se mégote pas, qui ne se mesure pas, qui ne se négocie pas, celle qui s'impose inconditionnellement et quelles que soient les circonstances.
Son amour est pur don, à l'image de son projet de rédimer le monde.
Son amour est sa raison d'être, de vivre et de se battre.
Et c'est lui qui arme son bras.
Un chevalier errant sans amour est un arbre sans feuilles et sans fruits, un corps sans âme.
Il est ce sans quoi la vie ne vaudrait rien, ce sans quoi la vie serait un long et pâle hiver.

Son amour, de surcroît, lui confère une énergie bouleversante, une force presque divine, surhumaine, une force qui centuple sa puissance d'agir, une force à renverser des moulins à vent.

Sans la force dont elle anime mon bras, je serais incapable de tuer une mouche.

Son amour est ce qui le conduit à défendre passionnément celui des autres et à aplanir les obstacles qui se dressent entre ceux qui s'aiment, comme Quitterie et Basile que de basses questions financières ont, pendant quelque temps, séparés.

Son amour, enfin, décuple son sens du merveilleux, lequel lui permet de voir dans une taverne ordinaire : un château avec ses quatre tours, son chapiteau d'argent, son fossé et son pont-levis ; dans sa Dulcinée : la merveille des merveilles dont la splendeur dépasse celle du soleil et de tous les astres ; et dans son canasson étique et quasiment infirme : une grâce supérieure à celle du Bucéphale d'Alexandre ou du Babiéca du Cid.

Sancho l'a aussi compris à sa manière inimitable : *Quand on regarde avec les yeux de l'amour, je me suis laissé dire que le cuivre ressemble à de l'or, la pauvreté à la richesse et la sueur à des perles fines.*

Ce sens du merveilleux dont vous dotez votre Quichotte, du « merveilleux normal » comme dirait le poète, cette faculté à reconnaître candidement la beauté dans les êtres et le monde avec chaque jour les yeux neufs d'un enfant, est pour nous, cher Monsieur, pour nous les humains du XXIe siècle qui en sommes privés (le seul merveilleux tolérable, le seul merveilleux permis, étant réservé aux enfants entre deux et cinq ans durant les fêtes de Noël), un bienfait des plus précieux.

Vous l'avez compris, cher Monsieur, je suis terriblement de parti pris, et j'ai tendance à approuver votre Quichotte, quoi qu'il dise et qu'il fasse.
En un mot, je suis fan.
Je peux même avouer que j'éprouve pour lui l'enthousiasme buté d'un supporter sportif, les hurlements en moins.
Et moi qui, d'ordinaire, me méfie des frustrés que l'insatisfaction prolongée rend méchants, acrimonieux et bêtes, j'ai la ferme conviction qu'en ce qui le concerne, sa chasteté et la haute idée qu'il se fait de l'amour sont moins le résultat d'une avarice sexuelle, d'un rigorisme moral ou d'un puritanisme exalté, que la part en lui d'humaine déraison.
Sache que l'Amour... ne s'embarrasse ni de mesure ni de raison. En cela il ressemble à la mort, car il s'attaque aux donjons des palais comme à la cabane du berger. Et quand il prend possession d'une âme, la première chose qu'il fait, c'est d'en chasser la crainte et la pudeur.
Le pur amour qu'il voue à Dulcinée contre toute raison et au mépris de toute vraisemblance, cet amour absolu, cet amour sans partage, est son grain de folie, sa part insensée, son ivresse, sa démesure.

Mais n'est-ce pas le propre de l'amour que cette démesure ?
La seule mesure de l'amour, disait saint Augustin, est d'aimer sans mesure. C'est même, ajoutait-il, cette absence de mesure qui en constitue la mesure.

Qui est donc, cher Monsieur, cette Dulcinée que vous lui réservez et dont le nom charmant dérive du mot *dulce* qui en français veut dire « doux » ?
Qui est cette Dulcinée au prénom de velours qu'il invoque sans cesse et à qui il dédie ses prouesses et sa vie ?
C'est une fille de la campagne dont il fut autrefois amoureux bien qu'elle n'en ait jamais rien su, et de laquelle il a gardé un souvenir *céleste*.
Elle se nomme Aldonza Lorenzo et est native du Toboso, un village de la Manche.
Elle ne sait lire ni écrire.
Elle est robuste, de grande taille, terminée par de grands pieds, la voix forte, le visage hommasse et un soupçon de moustache au-dessus de ses lèvres, que vous avez, cher Monsieur, omis de signaler.
De caractère gai, elle est *toujours prête à s'amuser de tout* et rire à gorge déployée de ses plaisanteries, tout en continuant de peigner vigoureusement le chanvre, de battre le blé à grands coups de fléau ou de passer le grain au crible avec une infatigable énergie.

On dit qu'elle n'a pas sa pareille dans toute la Manche pour saler le cochon.
Elle s'occupe également de sa basse-cour, charge des ballots sur son âne en transpirant à grosses gouttes, et exhale certains effluves qui n'ont pas, à proprement parler, la senteur du parfum d'Arabie, comme le rappelle mutinement Sancho à son maître.
Mais qu'importe au Quichotte que sa Dulcinée cocotte ! L'amour accepte l'autre dans son entièreté, et sans faire le tri entre ce qui est aimable et ce qui ne l'est point.
Pourvu que je la voie, qu'importe que ce soit par-dessus un enclos, par une fenêtre ou une porte entrebâillée, ou par la grille d'un jardin ! Il suffira qu'un rayon du soleil de sa beauté frappe mes yeux et qu'il éclaire mon esprit et fortifie mon cœur, pour que je devienne unique et sans égal par ma sagesse et ma vaillance.
Quant à son lignage (l'Espagne d'alors est obsédée jusqu'au délire par les quartiers de noblesse et la pureté des ascendances), don Quichotte s'en moque tout autant, il le dit haut et fort, ce qui n'est rien moins que scandaleux à l'époque qui est la sienne :
Elle ne descend, messieurs, ni des Curtius, ni des Caïus, ni des Scipion de l'ancienne Rome, ni des Colonna ou des Ursino de la nouvelle, ni des Moncada ou des Requesen de Catalogne, ni des Rebella ou des Villanova de Valence, ni des Palafox, des Nuza, des Rocaberti, des Corella, des Luna, des Alagón, des Urrea, des Foz ou des Gurrea d'Aragon, ni des Cerda, des Manrique,

des Mendoza ou des Guzmán de Castille, ni des Alencastro, des Palla ou des Meneses de Portugal. Elle est d'une maison du Toboso de la Manche, et d'une lignée qui, quoique récente, pourrait être le berceau des plus illustres générations des siècles à venir.

Quels que soient ses ancêtres, sa Dulcinée est de toute façon sans pareille, puisqu'il l'aime et qu'elle vaut autant, à ses yeux énamourés, que la plus haute princesse de la terre.

Elle est le jour de ses nuits.

Le nord de ses voyages.

L'étoile de sa fortune.

Son ciel, son horizon.

Sa Blanche-Fleur.

Sa dulcissime.

Tout en lui reprend vie à dire qu'il l'adore et qu'il est son esclave.

Le voici se jetant, lance baissée, contre un groupe de marchands de soie tolédans parce qu'ils n'ont pas obtempéré à sa demande de déclarer que la splendeur de Dulcinée était incomparable.

À ses yeux passionnés, la beauté de Dulcinée est infinie.

Elle le transporte :

Ses cheveux sont de l'or, son front des champs élyséens, ses sourcils deux arcs célestes et ses yeux deux soleils ; ses joues sont des roses, ses lèvres des branches de corail, ses dents autant de perles ; elle a le cou d'albâtre, la gorge de marbre, les mains d'ivoire et la blancheur de la neige.

Quant à ces parties que la pudeur impose de voiler aux regards humains, elles sont telles, selon ce que je puis juger et imaginer, qu'elles n'admettent pas la comparaison, mais seulement les éloges
C'est un peu beaucoup, comme aurait dit ma mère. Mais est-ce une raison pour vous gausser, cher Monsieur, aussi ironiquement que vous le faites ?
Une part de moi, je l'avoue, répond franchement oui. Oui, ce lyrisme à la noix est vraiment du dernier ridicule. Oui le Quichotte en rajoute. Oui ses tirades amoureuses sont sucrées, emphatiques, creuses jusqu'à la niaiserie et joufflues de poncifs d'une désespérante platitude. Oui, ses louanges sont tellement hyperboliques (d'autant plus hyperboliques que l'amour n'est pas réalisé, nous diraient les psychanalystes) qu'elles se retournent en leur contraire, et son lyrisme, à force d'être boursouflé et redondant, n'est plus qu'une écœurante et fade marmelade. La négation même de la poésie.
L'autre partie de moi (celle du cœur) est bien moins assurée, mais bien plus bienveillante. Elle note avec joie que, tout coincé qu'il est, don Quichotte évoque amoureusement les seins de Dulcinée (de marbre d'accord et non de tendre chair, mais tout de même !) et évoque tout aussi amoureusement *ce que la pudeur impose de voiler aux regards humains* : c'est-à-dire son cul et sa chatte.

Cette autre part de moi va jusqu'à regretter que ce lyrisme donquichottesque soit mis, aujourd'hui, au rancart.

Car vous l'ignorez évidemment, Monsieur, le lyrisme est depuis quelque temps tombé en désuétude. On lui a fait la chasse. On lui a tordu le cou. On l'a décrié, relégué, congédié : démodé, trop ringard, ridicule, complètement has been. On l'a discrédité, comme on a discrédité toutes les créations littéraires qui tentaient de s'écarter de la rude réalité. (Il faut en 2021 avoir le nez collé sur elle, ou sur l'écran qui la simule, une réalité si possible hideuse, misérable ou infâme, pour être véritablement pris au sérieux, je n'exagère qu'à peine.)
Or le lyrisme, la caresse lyrique, n'est-ce pas précisément ce qui, aujourd'hui, manque à notre musique ?

Le lyrisme du Quichotte chantant l'éblouissante beauté de Dulcinée, pour outré qu'il paraisse et gorgé de clichés, n'est-il pas une façon subtile de nous dire que tous les visages sont beaux ? Tous sans exception ? Que tous sont dignes de susciter l'émerveillement, et plus encore celui de l'être aimé ? Et qu'il n'est pas de métaphores assez éloquentes pour faire l'éloge qu'ils appellent ?
N'est-il pas une façon détournée de nous rappeler que tous les lis de la terre, les roses pompon, les œillets de Chine, les myrtes, les camélias, les jacinthes, les amarantes, le lait crémeux, le miel bio, l'albâtre, l'opale, le

corail, l'ivoire, le marbre, le porphyre, les diamants, les rubis, les turquoises, les topazes, les lapis-lazuli et tous les bijoux Tiffany et Van Cleef & Arpels réunis ne suffiront jamais, jamais, jamais à rendre compte de la beauté d'un visage, parce que cette beauté échappe précisément à tout enfermement dedans nos pauvres mots ?

N'est-il pas une façon de nous souffler que, lorsque nous décrétons qu'un visage de femme est laid (les hommes, on le sait, ont l'autorisation d'être moches, si bien que nul ne prête cas à leur laideur), lorsque nous décrétons qu'un visage de femme est laid parce que fait de pâte molle ou d'éléments dépareillés, gâté par une verrue insolente, par quelques poils follets sur le menton, par un fard mal circonscrit et violemment criard ou par je ne sais quelle prétendue malfaçon, nous sommes tout bonnement victimes de notre étroitesse d'esprit, de nos préjugés esthétiques, de la mode du jour, et de la pub qui la promeut ; victimes surtout de l'insuffisance de nos vocables et de leur approximation pour pouvoir faire état, avec subtilité et poésie, d'un visage et des mille nuances de l'âme qui bat sous son écorce – oui j'use du mot « âme » malgré sa vétusté et il est hors de question qu'ici je m'en excuse – et restituer l'émotion que sa présence fait naître en nos petits cœurs.

Dans son *Introduction au discours sur le peu de réalité*, Breton, reprenant les idées de Locke sur l'imperfection du langage, pose cette question centrale : La médiocrité de notre univers ne dépend-elle pas de notre pouvoir d'énonciation ?

Et puisque j'en suis à vous citer encore tel et tel, je ne résiste pas au plaisir de vous rapporter les propos de ma voisine Juliette qui m'a dit avant-hier, en se grattant la tête, que la beauté avec un grand B était presque toujours « mal rendue ». Je lui donne mille fois raison. La beauté comme l'amour sont difficiles à rendre. Ils se bégaient, ils se murmurent, ils se soupirent, ils se chantent, ils s'exhalent, ils se crient ou se taisent, ce que seule la poésie parvient parfois, pour notre consolation, à restituer.

Mais assez de ces banalités mille fois ressassées ! Et revenons à nos moutons lyriques.

Bien que frotté de littérature, notre hidalgo ne dispose pas de mots assez justes, assez forts, assez éloquents pour louer la beauté superlative, extraordinaire, indescriptible de Dulcinée.

Dulcinée, répète-t-il à satiété, est belle d'une beauté sans égale. Cependant il la fuit.

Lui ferait-elle peur (la beauté) ?

Don Quichotte serait-il un fugueur ontologique ?

Et son épopée, une fuite éperdue ?

Don Quichotte va errant sur les chemins d'Espagne, et je ne peux m'empêcher de penser que ce terme d'« errant » dont il s'enorgueillit ne s'applique plus désormais qu'aux chiens abandonnés dont l'extrême maigreur, le regard implorant et l'allure égarée nous serrent la poitrine.

De l'aube au crépuscule, don Quichotte va errant au gré du hasard et des événements qui surgissent. Disponible en son âme et son cœur. Passionnément curieux de l'instant présent et mû par le désir de s'accorder à sa grâce. Prêt à accueillir l'imprévu si possible dangereux, car il y a dans le danger quelque chose qui le grise. Tombant nez à nez au détour d'un sentier sur une forme monstre. Arpentant en tous sens sa Manche natale, qui pourrait bien figurer le monde en son entier, et ses habitants l'humanité tout entière. S'ouvrant un chemin dans les bois, traversant des collines, visitant les châteaux, logeant dans des auberges, en perpétuel mouvement, en perpétuel délit de fuite.

Don Quichotte va errant, dans cet esprit bohème que les artistes du XIXe affectionnaient, ne s'installant nulle part, vivant de peu, mais libre, libre, libre et découvrant chaque jour les beautés de ce monde, ses hideurs, ses prodiges, ses nuits immenses et noires, et leurs apparitions.

Aurait-il pressenti que rien n'est plus triste qu'une vie sans dehors, sans ailleurs, sans mystère, sans rien qui

la déborde et qui l'égare ? Et que la seule échappatoire, la seule salvation consiste dans la fuite ?
C'est en tout cas ce que comprirent les Hébreux réduits en esclavage qui s'enfuirent hors d'Égypte sous la conduite de Moïse.
C'est ce que comprirent les esclaves d'Amérique avant l'Abolition.
C'est ce que comprit Rimbaud laissant derrière lui, à vingt ans, tous les agenouillages et les fumeux cantiques des poètes de Paris, pour en disperser les poussières aux quatre vents du large.
C'est ce que comprit Rainer Maria Rilke, cet exilé de luxe, qui ne cessa, sa vie durant, de larguer ses attaches et de chercher des solitudes pour mieux s'en aller, disait-il, vers lui-même.
C'est ce que comprirent tous ceux qui, comme Kerouac, prirent la route dans les années 1960 dans le désir de s'arracher aux anciennes entraves et d'expérimenter d'autres vies, d'autres amours, d'autres extases.
J'allais oublier les grands errants de la littérature, Lancelot, Hypérion, Ulysse, Bloom, Malone...
Et bien d'autres encore.

Après avoir rompu radicalement avec son existence de confiné, le Quichotte vague donc, sans destination précise, sans terme arrêté, sans autres attaches que fictives, sans autre guide que le vent.
Ou mieux, il extravague.

Il va vers il ne sait quoi mais toujours vers l'avant, vers il ne sait quoi qui est plus important que tout mais qu'il ne sait ni ne peut nommer.

Il « cervantise », dirait Juan Goytisolo. Et cervantiser, c'est « s'aventurer, la tête recouverte d'un fragile casque transformé en heaume, dans le territoire incertain de l'inconnu. C'est aussi douter des dogmes et des prétendues vérités, présentées comme intangibles ».

Il dérive, auraient dit les situationnistes en 1968. Il dérive à la manière des picaros dont Francisco de Quevedo, votre contemporain, écrira les tribulations vagabondes dans *El Buscón*, l'un des romans les plus brillants et les plus satiriques de la littérature espagnole. Il dérive à la manière des picaros, disais-je, mais sans la ruse, sans la filouterie et la coquinerie à laquelle la misère accule souvent ces derniers, et sans la fameuse *hidalguía.*

Car on les compte sur les doigts de la main les picaros de bonne famille, tel Alonso Álvarez de Soria, poète bandit, fils d'un riche marchand sévillan, qui finira pendu en 1603, un an avant la publication de *Don Quichotte de la Manche.*

Pour la plupart, les picaros sont des mendiants, des vagabonds, des étudiants pauvres, des prêtres dévoyés ou d'anciens soldats des *tercios*, vivant d'escroqueries, de fraudes, de rapines, et se foutant éperdument de l'honneur comme de la vertu, lesquels sont des choses de riches.

Le Quichotte cherche-t-il à se soustraire à ce qui d'ordinaire arrime solidement les hommes et quelquefois les cloue : le gentil foyer où la pensée s'entartre, les gestes casaniers, la vie réglementée, les goûts propriétaires, les petits arrangements avec la conscience, les désirs amoureux qui doucement s'émoussent, l'évasion par les livres sur lesquels on s'endort, le refuge douillet à l'intérieur d'un groupe – parti, secte, chapelle – et des a priori qui le tiennent soudé, tout ce qui attache, contraint, opprime, tout ce qui en silence pousse à la lâcheté, au renoncement et au mensonge, bref, tout ce qui nous emplit de honte pour peu que l'on y songe ?

Ou bien erre-t-il ainsi dans l'espoir de se rencontrer ? De se rejoindre ? Et devenir en acte ce qu'il était en rêve ?
Impatient de se faire une vie, comme on dit, plutôt que de se laisser faire par elle ?
Lancé à la poursuite d'une adéquation impossible avec l'image idéalisée de lui-même ?
Emporté dans une fuite en avant incessante ?
Avec le dessein, peut-être, de semer en route je ne sais quelle douleur inconsolée ?

L'errance, en tout cas, est son destin
Lorsqu'elle s'achève, il meurt.

12

Votre Quichotte amoureux erre dans une Espagne que vous connaissez mieux que quiconque, pour l'avoir, cher Monsieur, traversée en tous sens au cours d'une vie très agitée, très aventureuse et toute pleine de cahots.

L'esprit du siècle, il est vrai, est à l'aventure.
Christophe Colomb vient de conquérir l'Amérique, prouesse que tous les experts, les savants et les sages avaient jugée totalement utopique et irréalisable. Les tomates du Mexique sont apparues sur les marchés des villes à la stupéfaction de tous, et Charles Quint a déclaré que la conquête des colonies était un haut fait de chevalerie qui avait transformé son royaume en véritable empire.
Toutes ces conquêtes ont effectivement contribué à hisser l'Espagne au premier rang des puissances coloniales dans le monde, et ce grâce au commerce de métaux précieux (traduisez : grâce au pillage) et

grâce au commerce des hommes (traduisez : grâce à l'esclavage). Je ne peux m'empêcher d'ajouter, à ce sujet, avec cet esprit de raillerie que j'essaie d'imiter du vôtre, qu'il n'est pas rare, à votre époque, de voir de puissants archevêques exhiber leur esclave au teint sombre dans le but de faire montre de leur pouvoir et de la fortune y attachée, comme on expose dans un salon bourgeois une commode Louis XIV.
Mais bientôt, les premiers signes d'un déclin apparaissent, notamment sur le plan économique. Et ce sont les petits hidalgos tels que votre Quichotte qui vont, les premiers, en faire les frais.

Vous avez mené, Monsieur, disais-je, une vie des plus aventureuses, et je m'autorise à vous en rappeler quelques bribes, pour le cas où vous auriez perdu votre mémoire en route.
Vous êtes issu d'une famille qui, sans appartenir à la noblesse titrée, compte quelques gentilshommes. On a écrit parfois, mais sans la moindre preuve, que vos ancêtres du côté maternel comme du côté paternel étaient des juifs convertis au christianisme qu'on appelle marranes (du mot espagnol *marrano* qui signifie « porc »).
Votre père, médecin, a épousé vers 1540 doña Leonor de Cortinas, et de cette union sont nés deux filles, doña Andrea et doña Luisa, puis deux fils, Rodrigo et vous-même.

Dès l'enfance, vous manifestez une passion pour la lecture qui vous fait ramasser dans la rue, dites-vous, des lambeaux de papier.
Jeune homme, vous faites des études à Madrid sous le regard bienveillant de votre maître et mentor López de Hoyos, et tout le monde s'accorde à dire que vous avez un esprit gai et une imagination peu commune.
Puis vous entrez au service du jeune et parfumé cardinal Acquaviva et vous l'accompagnez à Rome en qualité de *cameriere* (valet de chambre). Comme l'exige votre charge, vous veillez à ce que le lit du cardinal soit impeccable, ses draps embaumés, et son pot de chambre un vase où l'on pourrait boire. Mais vous vous lassez vite d'un service assez peu exaltant pour l'écrivain en herbe que vous êtes, et vous vous enrôlez comme simple soldat dans les troupes chrétiennes de la Sainte Ligue unie contre les infidèles.
En 1571, vous avez vingt-quatre ans, vous participez à la célèbre bataille de Lépante contre les Turcs. Au milieu d'une mêlée sanglante, vous recevez trois coups d'arquebuse : deux à la poitrine et le troisième à la main gauche dont vous perdez définitivement l'usage. Mais vous vous dites fier de cette blessure qui vous vaut le surnom de « Manchot de Lépante ».
Après quelques expéditions militaires qui vous font découvrir l'Italie, vous prenez la décision de vous embarquer à Naples pour l'Espagne. Mais lors de la traversée, votre galère *El Sol* est attaquée par des

Barbaresques (nom que l'on donne aux pirates musulmans qui écument la Méditerranée afin d'attaquer les embarcations chrétiennes) que j'imagine vêtus à la façon de Johnny Depp dans *Pirates des Caraïbes*.
Vous êtes capturé, conduit à Alger, et remis comme esclave au bey Dali Mami qu'on appelle le Boiteux.
Vous restez captif cinq longues années et, comme tous les prisonniers, vous apprenez la patience. Il vous en faudra beaucoup pour écrire vos livres. Beaucoup de patience, cher Monsieur, et encore plus de courage.
Vous faites quatre tentatives d'évasion dignes d'un roman de cape et d'épée, et vous en assumez l'entière responsabilité afin d'éviter des représailles à vos camarades de captivité. À la délation, vous préférez la torture. Et cela, cher Monsieur, grandement vous honore.
Vous êtes enfin racheté par les Frères rédempteurs et ramené dans votre pays natal en 1580 pour votre plus grande joie, *tant est vive la satisfaction de recouvrer la liberté perdue.*
Vous reprenez du service dans les armes, et nouez une relation lors d'un séjour au Portugal avec une dame de Lisbonne qui vous donne une fille, doña Isabel de Saavedra, laquelle restera toute votre vie auprès de vous.
Entre deux campagnes militaires, vous tombez éperdument amoureux de doña Catalina de Salazar y Palacios pour laquelle vous écrivez un poème pastoral, *La Galatée*, qui sera publié en 1584. Vous épousez la même année son héroïne.

Le poème pastoral ne vous apportant pas la fortune rêvée, vous sollicitez alors le modeste emploi de commissaire aux vivres (tâche détestable qui consiste à réquisitionner des denrées en vue de l'attaque de l'Angleterre par l'Invincible Armada), puis vous travaillez comme agent d'affaires à Séville. C'est durant votre séjour dans cette ville que vous écrivez la plupart de ces *Nouvelles Exemplaires* dont le recueil ne paraîtra qu'entre la publication des deux parties de *Don Quichotte*.

Entre votre mariage et la publication de *Don Quichotte*, vous allez connaître plusieurs fois la prison. Si bien que certains s'imaginent que vous avez créé le personnage du Quichotte, lequel se montre pour le moins sceptique devant la Justice des hommes, dans la seule intention de vous venger de celle-ci.

La légende raconte que vous êtes emprisonné une première fois le jour où, passant par Argamasilla de Alba, ce village de la Manche duquel nom vous ne voulez pas vous souvenir, vous lancez un *piropo* (une galanterie un peu osée) à la fille du maire qui est sans aucun doute une demoiselle très comme il faut.

Mal vous en prend.

Vous êtes aussitôt jeté en prison, victime de l'abus de pouvoir d'un maire exagérément susceptible sur tout ce qui touche à l'honorabilité de sa fille, ou très en avance sur son temps (la première hypothèse me semblant de loin la plus vraisemblable).

Mais de ce mal va naître un bien, puisque c'est dans la solitude de cette maudite prison que vous commencez, on le suppose, la rédaction de *Don Quichotte*.

Il se dit que l'écriture naît presque toujours d'une douleur. Vous avez sans doute glissé la vôtre dans le personnage de don Quichotte afin de vous sentir un peu moins esseulé et un peu moins chagrin. Sachez que je fais de même avec ces lettres que je vous destine et qui ne vous atteindront jamais. Je n'attends d'elles d'ailleurs, cher Monsieur, que des réponses rêvées.

Vous êtes confronté à la justice une deuxième fois, lorsque travaillant en tant que commissaire aux vivres, vous êtes accusé de malversation et arrêté. Cette affaire vous a mis aux prises avec le chapitre de Séville qui vous accuse d'avoir détourné des biens de l'église. Mais vous parvenez à prouver votre innocence et êtes rapidement libéré.

Un peu plus tard, vous êtes encore arrêté à Castro del Río dans la province de Cordoue pour avoir causé un déficit de 2 641 réaux dans les caisses, et à nouveau jeté quelques jours en prison, cela devient une habitude.

Vous êtes ensuite affecté au recensement des impôts dans la région de Grenade comme le Zachée de la Bible, travail fastidieux s'il en est, et dans lequel vous avez le sentiment de lentement vous envaser.

D'autant que la malchance s'acharne contre vous. Ayant déposé votre argent chez un banquier qui a fait faillite, vous êtes cette fois emprisonné pour dettes. Mais

cette épreuve douloureuse va vous permettre de rencontrer vagabonds, voleurs, malfrats, criminels, aspirants criminels et bandits attestés, tous ces parias que la société méprise et tient scrupuleusement à l'écart, toute la misère cachée de l'Espagne dont l'expérience vécue viendra innerver vos écrits et leur fouetter le sang.
Puis vous vous installez dans un quartier pauvre de Valladolid où vous vivez modestement avec votre épouse, votre fille, votre sœur et votre nièce. Et en 1604, vous publiez la première partie de *L'Ingénieux Hidalgo Don Quichotte de la Manche.*
Comme vous le redoutez, votre roman à sa sortie est accueilli dans la plus parfaite indifférence. Vous imaginez alors de publier sous le nom de *Buscapié* un pamphlet anonyme dans lequel vous faites une satire joyeuse de votre propre livre. Le stratagème réussit à merveille. Et vous voilà soudain, vous, le pauvre, l'obscur, le sans-nom, le sans-protecteur, vous qui avez connu plusieurs fois la prison, devant un triomphe sans précédent.
Votre secret ? Tourner en dérision la littérature chevaleresque pour en finir avec ses sucreries (sur lesquelles vous jetez du vinaigre), et ses invraisemblances (dont vous faites apparaître qu'elles confinent parfois au délire). Et faire rire ainsi l'Espagne entière.
Le résultat ne se fait pas attendre.
On lit votre livre à voix haute sur les places, les parvis, les marchés, dans les villes, les villages, les hameaux,

les foires, les tavernes, les cours de ferme ; et partout il captive et partout il met en joie. Dans les grandes maisons, les pages se l'arrachent et le trouvent impayable. Le livre plaît ensemble au peuple et aux puissants. Et la légende dit que le roi Philippe III, voyant un étudiant assis sur un banc, un livre entre les mains, éclater de rire, se serait écrié : « Soit il est fou, soit il lit *Don Quichotte.* »

Votre roman, Monsieur, est le premier best-seller espagnol, après la Bible. C'est pour vous une immense joie. Mais vous allez connaître de nouveaux soucis en 1605. Un gentilhomme, don Gaspar de Ezpeleta, ayant été assassiné devant votre maison, vous êtes accusé de son crime, puis rapidement reconnu innocent.

Vous vous installez enfin à Madrid, protégé par le comte de Lemos (le parrainage par un seigneur de haut rang est, de votre temps, une chose indispensable).

En 1613, vous publiez les *Nouvelles Exemplaires*, en 1614 un long poème en tercets *Voyage au Parnasse*, et en 1615 la seconde partie du Quichotte. Vous mourez un an après, le 22 avril 1616. Shakespeare meurt, dit-on, le même jour. C'est une coïncidence qu'il me plaît toujours de signaler.

Votre roman *Les Travaux de Persille et Sigismonde* paraîtra un an après votre mort.

De votre vivant, vous avez contre vous, cher Monsieur, le fait de ne pas appartenir au sérail littéraire.

Et vos contemporains vous déconsidèrent comme ils déconsidèrent Shakespeare, lui aussi dénigré, lui aussi diffamé, accusé notamment de mêler, comme vous, le burlesque au tragique, et souffrant, comme vous, d'être très au-dessus de son temps.
Ils tiennent votre *Don Quichotte de la Manche* pour une œuvre mineure, le plus inexcusable étant donc qu'elle fasse rire. Il est des choses dans une monarchie catholique avec lesquelles on ne badine pas. A-t-on jamais surpris un prêtre pouffer en chaire et raconter des blagues au sujet de Jésus ?
Consolez-vous, Monsieur, la même intolérance sévit à notre époque : il est mal vu de plaisanter sur un certain nombre de sujets ; et l'on risque de ruiner sa carrière et parfois même sa vie si l'on pousse un peu loin l'esprit de raillerie. Me croiriez-vous si je vous disais que des dessinateurs furent assassinés à Paris en janvier 2015 pour avoir publié quelques dessins d'humour à caractère religieux ?
Le très accrédité Lope de Vega qui a été votre ami durant votre jeunesse et qui envahit le monde avec ses comédies, les poètes Luis de Góngora, Esteban Manuel de Villegas et quelques autres de seconde volée, s'emploient à déprécier votre roman (dans lequel, pour être juste, vous décochez quelques traits venimeux à leur encontre).
Vous êtes à ce point dédaigné par eux, ou jalousé, ou dédaigné parce que jalousé (en vérité, votre liberté de ton les défrise) que, sous le pseudonyme d'Alonso

Fernández de Avellaneda, un auteur espagnol que personne encore n'est parvenu à identifier s'autorise à écrire en 1614 une suite des aventures de *Don Quichotte*, un auteur qui *déguise son nom et ment sur son origine, comme s'il avait commis quelque crime de lèse-majesté*, écrivez-vous dans le prologue de la deuxième partie. Il ne s'agit en effet de rien d'autre que d'un crime d'usurpation. Et ce crime a donné naissance à un roman entièrement dépourvu de cet humour qui fait, cher Monsieur, tout le charme du vôtre, un roman qui met en scène un don Quichotte fou, vulgaire, sans esprit, sans nuances, médiocrement burlesque, et recouvrant finalement sa raison grâce à des lectures pieuses : le contresens parfait. Cette version malheureusement traduite en français par l'auteur de *Gil Blas*, Lesage, sera longtemps confondue dans mon pays avec l'originale. Du coup, vous vous hâtez d'achever votre seconde partie, dans laquelle vous intégrez génialement l'histoire du roman apocryphe et mettez ainsi un terme définitif à la scandaleuse imposture.

Comment ?

En faisant intervenir vigoureusement dans le récit don Quichotte lui-même, lequel, surprenant dans une auberge deux personnes évoquer le héros d'Avellaneda, s'écrie que le seul vrai Quichotte c'est lui et rien que lui ; en amenant ensuite votre hidalgo à changer de direction à la toute dernière minute afin de mettre l'écrivain plagiaire sur une fausse piste ; et pour le cas où ces stratégies se seraient avérées insuffisantes, en lui faisant rédiger un peu plus tard devant notaire un certificat d'authenticité dûment contresigné de sa main.

Vous réglez ainsi son compte à ce maudit Avellaneda, comme vous réglez leur compte à tous ces écrivains *qui font des livres et les débitent comme si c'étaient des beignets*, et ce, bien avant, je le note avec admiration, bien avant que la littérature ne se soit dégradée en marchandise pâtissière.

D'un même coup de torchon, vous balayez :

– les littérateurs fielleux qui ne se sentent intelligents que dans la calomnie et n'excellent que lorsqu'ils découvrent les défauts des autres et *n'ont d'autre passe-temps ni d'autre plaisir que de critiquer les ouvrages d'autrui* ;

– les faiseurs de rimailles à l'usage des crétins post-pubères qui sucrent leurs poèmes de pétales de rose, d'aurores nimbées d'or, de tendres oisillons et autres mièvreries de la même mélasse, *des arrogants, et chacun d'eux croit qu'il est le premier du monde* ;

– et très spécialement les écrivains qui, pour fournir un peu de densité au néant de leurs pages, les tartinent d'Écriture sainte, les adornent d'un petit sermon chrétien, d'un sonnet écrit par quelque sommité, d'une citation faussement attribuée à l'empereur de Trébizonde, ou d'un vers latin emprunté par exemple à Horace *non bene pro toto libertas venditur auro* afin de passer pour un lettré, ce qui, par les temps qui courent, n'est pas, dites-vous, d'un mince profit.

J'aimerais ajouter, pour ma part, à ce charmant florilège :
– les auteurs révoltés quémandeurs de bourses d'État ;
– les biographes fouille-poubelles ;
– les célébrités de la télévision victimes du démon de l'écriture ;
– les médiocres qui ne croient qu'aux combines et vous glissent dans la poche leur pathétique gribouillis précédé d'une lettre tachée de flagorneries grasses ;
– les habiles qui romancent le malheur des autres (le malheur des migrants étant de nos jours l'un des plus appréciés) pour attendrir le cœur de leur clientèle nantie, qui s'en régale ;
– les belles âmes qui font leur miel d'un bon petit scandale ou d'un fait divers bien saignant ;
mais je préfère ne pas allonger la liste, de peur de m'y retrouver.

Cette plume incisive, cette veine mordante qui s'exprime chez vous par éclairs, m'enchante au plus haut point, cher Monsieur, tout autant que m'enchante votre très stupéfiant féminisme.
Vous avez en effet créé dans votre roman *Don Quichotte de la Manche* la figure la plus féministe qui se puisse concevoir, sous les traits de Marcelle, une jeune femme très fière, très belle, très déterminée et qui a décidé de rester, dans l'Espagne ultramisogyne des rois Philippe, maîtresse de son destin.

Une exception.
J'ai presque envie de dire : un miracle.
Non pas qu'elle fuie ou qu'elle évite la compagnie et la conversation des bergers ; au contraire, elle les traite avec obligeance et amitié ; mais il suffit que l'un d'eux ose lui découvrir ses intentions, même s'il lui propose le mariage, pour qu'elle l'envoie promener rondement.
Car Marcelle a évidemment de nombreux admirateurs qui sollicitent ses faveurs (la liberté est toujours tellement séduisante), mais elle décline impitoyablement toutes leurs sollicitations et rejette leurs assauts à la façon d'une arbalète (traduisez : les envoie se faire foutre.).
Parmi ces soupirants mal inspirés, un certain Chrysostome qui en est raide dingue.
Ce pauvre Chrysostome a décidé de s'éloigner de l'indifférente Marcelle, dans l'espoir que l'absence atténuerait la virulence de son amour. Mais loin de l'objet adoré, il est devenu la proie de mille craintes et soupçons. La jalousie a ravagé son cœur. L'espoir déçu s'est noirci en mélancolie. Son tourment n'a fait qu'empirer de jour en jour. Et après avoir écrit un poème gémissant (ne jamais omettre, avant un suicide pour chagrin d'amour, d'écrire en pure perte des vers où figurent les mots douleur, détresse, souffrance, malheur, sanglots déchirants, larmes amères, sombre brasier, âme percée de part en part, etc.), il s'est donné la mort.

Le jour des funérailles, Marcelle, qui est dotée d'un sens aigu de la mise en scène (ou de la politique, comme on voudra), apparaît, rayonnante de beauté, sur le sommet du rocher au pied duquel on a creusé la sépulture de Chrysostome.

C'est du plus bel effet.

Elle adresse alors à l'assistance le discours le plus féministe qui, de mémoire d'Espagnol, n'ait jamais été prononcé sur cette terre de mâles et surmâles couillus et tumescents lesquels, faute de manier l'épée, se munissent d'une carabine 22 long rifle (amoureusement entretenue) ou se servent de leurs mains en guise de battoir, pour remettre leur épouse pécheresse sur le droit chemin conjugal (les Espagnols sont champions en la matière, les statistiques le confirment, serrés de près par les Français) :

Marcelle déclare ceci :

Je suis née libre, et c'est pour garder ma liberté que j'ai choisi la solitude des champs. Les arbres de ces bois sont ma compagnie, l'eau claire des ruisseaux mon miroir. C'est à ces arbres et à ces ruisseaux que je communique mes pensées et que j'offre ma beauté. Je suis ce feu éloigné, cette épée tenue à l'écart. Les hommes que ma vue a séduits, je les ai détrompés par mes paroles. Et si les désirs s'alimentent d'espoir, comme je n'en ai point donné à Chrysostome – ni d'ailleurs à nul autre –, on peut bien dire que c'est son obstination qui l'a perdu et non ma cruauté. Et si l'on m'objecte que, ses désirs

étant honnêtes, je me devais d'y répondre, je dirai qu'à cet endroit même où l'on creuse sa sépulture, et où il m'a fait part de ses honnêtes désirs, je lui ai déclaré mon dessein de vivre dans une perpétuelle solitude...
Et elle insiste :
Je possède, comme vous le savez, une fortune personnelle, et je ne convoite pas le bien d'autrui. J'ai le goût de la liberté et je ne veux pas être asservie.
Avez-vous mûrement pesé, cher Monsieur les mots que vous mettez dans la bouche d'une jeune fille en 1604 ? Aurait-il échappé à votre pénétration qu'ils étaient proprement subversifs ?
Je les réécris, rien que pour mon plaisir : J'ai le goût de la liberté et je ne veux pas être asservie.
Telle était déjà Gelasia dans *La Galatée*, telle est Marcelle, qui n'a pourtant pas lu Simone de Beauvoir, ni Virginia Woolf, ni Hélène Cixous, ni Judith Butler... Telle est Marcelle dont les mots déflagrent dans un silence religieux devant les bergers ébahis : célibataire, écolo avant la lettre, belle, intrépide, indomptable, née libre et vigoureusement déterminée à le rester dans l'un des pays les plus machistes d'Europe.
Son discours achevé, la belle Marcelle tourne théâtralement le dos à l'assistance et, dans un magnifique tremblement du derrière (c'est moi qui brode), disparaît dans l'épaisseur du bois, laissant tous les bergers pantois, parmi lesquels certains font mine de vouloir la suivre.

Mais le Quichotte, aussitôt, s'avance majestueusement, met d'un geste olympien la main sur la garde de sa rapière et, avec le sérieux d'un académicien français, martèle le discours que voici :
Que personne ici, quels que soient son rang et sa condition, ne s'avise de suivre la belle Marcelle, sous peine d'encourir mon indignation et d'éveiller ma colère. Elle a prouvé, par des raisons claires et suffisantes, qu'elle est presque, sinon complètement, innocente de la mort de Chrysostome, et qu'elle se refuse à répondre aux sollicitations de ses soupirants. Il est donc juste qu'au lieu d'être suivie et poursuivie, elle soit honorée et estimée de tous les gens de bien.
Et que tous les Weinstein en puissance se le tiennent pour dit !

Don Quichotte : ardent défenseur du féminisme. C'est à ne pas y croire ! Et je vous félicite chaleureusement, cher Monsieur, de lui avoir fait endosser ce combat d'avant-avant-avant-avant-garde.
Je crois savoir que vous avez été vous-même à bonne école, et que cette femme magnifique que vous avez inventée de toutes pièces, vous a sans doute été inspirée par votre mère Leonor, ou votre tante María ou vos sœurs Andrea et Luisa, ou votre fille naturelle, toutes sachant lire et écrire, à ce qu'on dit, toutes femmes à poigne, intelligentes, résolues et courageuses.

13

Vous l'avez compris, cher Monsieur, je l'espère : ma colère et ma sévérité à votre endroit sont entièrement feintes et n'ont qu'un seul dessein, celui de vous exprimer, avec ce qu'il faut de décence et de retenue, toute l'admiration que je vous porte.

Car je suis éblouie au-delà du pensable par le soin malicieux que vous mettez à déguiser votre pensée et par les ruses que vous imaginez pour accroître, en démultipliant les points de vue, les pouvoirs de votre fiction.

Vous nous faites croire, dans un premier mouvement, que le coupable du roman est un auteur poltron prêt à renier son œuvre, puis le transcripteur d'un manuscrit rédigé en arabe par Sidi Hamed Ben Engeli (dont le Quichotte attend impatiemment des nouvelles de lui-même), œuvre pernicieuse, précisez-vous, et pensée pire encore, puis un scoliaste doutant de la fiabilité du texte, puis un lecteur réactif rompant l'intrigue pour y introduire les détails de son cru, puis un écrivain vexé rectifiant le récit d'un plagiaire médiocre, et ainsi jusqu'au vertige. Tant de jeux, tant de stratagèmes, tant de chausse-trapes, tant de masques et tant de voix diverses, que depuis quatre siècles on s'épuise à commenter, font de vous, cher Monsieur, le plus écrivain des écrivains.

Aussi, en même temps que je simule ma colère (comment pourrais-je avoir l'impertinence et le mauvais goût de vous chapitrer, vous qui, en abolissant d'un coup la vieille littérature par amour de la littérature, avez en quelque sorte inventé le roman), je vous baise les pieds pour avoir conçu cette figure espagnolissime, animée d'un culte de l'honneur espagnolissime, cette figure qui, si l'on croit à l'esprit des peuples, personnifie à elle seule toute l'Espagne (jetez-moi au feu ces castagnettes ou laissez-les aux touristes nippons), cette figure fantasque, solitaire, ingénue, ingénieuse, cette figure poignante, pathétique parfois, mais jamais amère et souvent drôle à son insu, cette figure au grand cœur, irréductible à tout modèle, cette créature d'innocence qui nous redonne un peu de notre esprit d'enfance, cette créature de poésie dont les élans vers l'impossible restent toujours les nôtres ; cet étranger au monde qui en le découvrant se découvre lui-même, cet intrépide qui, par sa liberté, nous donne la mesure de celle qui nous manque.

Par sa bouche, cher Monsieur, vous instillez mille vérités précieuses.
Vous nous soufflez que la poésie demeure, au bout du compte, la seule chose qui se puisse opposer à la violence et à l'absurdité du monde.
Vous nous dites que ce monde s'apprend par le rêve autant que par l'agir. Mieux encore, que les puissances du rêve sont tout à fait capables d'en subvertir les logiques.
Vous nous faites entendre qu'il est impossible d'exister sans les douces et enjôleuses illusions que les hommes s'inventent pour se consoler de mal vivre ; et sous-entendre que la plus tenace de toutes, la plus répandue et celle dont les effets sont peut-être les plus délétères est l'illusion qui consiste à se croire dénué d'illusions.
Vous soulignez en même temps combien sont dangereux les idéalismes outranciers et dédaigneux des faits, et combien sont malheureux le désir d'absolu et l'identification massive à des figures idéalisées.
Vous ouvrez en grand la question de savoir si le rêve déchoit ou se renforce lorsqu'il se noue à la réalité, et si l'on peut espérer un jour que, par je ne sais quelle grâce, les deux s'épousent et mutuellement s'augmentent.
Vous nous rappelez que les apparences peuvent être trompeuses, mais qu'il est vain, en même temps, de soulever leurs jupes : *Seul Dieu sait s'il y a ou non une Dulcinée en ce monde, et si elle est ou non imaginaire.*

Ce sont là des choses qu'il ne faut pas chercher à vérifier de manière approfondie.

Vous nous dites en passant que *à force d'ignorance et de mensonges, ces gens-là* (les astrologues qui prétendent lire l'avenir) *finissent par compromettre la merveilleuse vérité de la science.* Propos qui résonne d'autant plus fort aujourd'hui que les pires contre-vérités scientifiques circulent sur les réseaux et prolifèrent.

Vous nous confortez dans cette idée que l'important est de se battre, de se battre et de se battre, et ce quelle qu'en soit l'issue. Car le bienfait est dans la lutte et dans la force qu'on y puise, davantage que dans son résultat, fût-il dérisoire.

Vous nous amenez à reconsidérer la folie et vous laissez entendre sans le dire jamais que, dans cet asile géant qu'est devenue la Très Catholique Espagne où l'on traque des hommes par milliers au nom d'une idée fixe (en psychiatrie, cela s'appelle un délire monomaniaque), une idée fixe qui prône de haïr son prochain juif ou arabe comme soi-même, dans cet asile géant, disais-je, les fous ne sont pas ceux qu'on croit.

Et vous soulevez du même coup cette question centrale : si délire il y a, est-il vraiment plus dangereux que la veulerie des courtisans, la rapacité des riches, la servilité des pleutres ou l'inclémence (le mot est faible) du haut clergé ?

Vous nous rappelez enfin, et je ne sais comment vous en rendre grâce, vous nous rappelez que la littérature, la littérature digne de ce nom, est dangereuse ; qu'elle mine les stéréotypes en vigueur (ceux du roman chevaleresque pour ce qui vous concerne, que vous outrez joyeusement jusqu'à les évider de tout sens) ; qu'elle bouscule les morales établies et toutes les polices de l'esprit, y compris les mieux intentionnées ; qu'elle agite nos pensées en insufflant, mine de rien ou à grand bruit, des idées qui vont à rebours des idées dominantes ; et que son nom est à jamais inséparable de celui de liberté.

D'où l'acharnement de la société à vouloir en finir avec elle (la littérature) ; d'où les autodafés géants dont votre mémoire a gardé la trace et dont la fumée obscurcit encore le ciel d'Espagne ; d'où l'obsession de la nièce, de la gouvernante, du barbier et du curé, de vouloir brûler, pour le bien de son âme, les livres qui ont ouvert un monde à don Quichotte et l'ont conduit à se jeter au-devant de l'inconnu.

Peut-être pourrait-on se demander à cette occasion si la censure qui s'est exercée depuis des siècles sur la littérature, et qui se continue plus subtilement, plus discrètement, plus insidieusement aujourd'hui, n'est pas, au fond, tout aussi efficace que vos spectaculaires brasiers.

Car le face-à-face de plus en plus brutal entre la littérature et les impératifs économiques qu'il serait trop long de vous exposer ici semble avoir pour conséquence de condamner certains livres au silence pour

ne promouvoir que ceux supposés rentables, autrement dit ceux qui, sous couleur de toucher le grand nombre, fricotent sans vergogne avec l'esprit du temps et ne reculent jamais devant aucune lècherie.
En relisant ce qui précède, je me dis que je risque fort d'être accusée, par plus d'un, d'exagérer outrageusement la situation actuelle et de chercher à comparer l'incomparable. C'est que votre livre, Monsieur, me pousse sans cesse à l'anachronisme et m'amène irrésistiblement à repenser l'actualité de mon pays.

Vous nous dites tant de choses ténébreuses, tant de choses dérangeantes concernant votre siècle, que vous prenez la précaution de les affubler de défroques comiques afin qu'elles passent sans encombre et n'effarouchent point.
Puisqu'il faut, pensez-vous, pour appâter le lecteur, le dérider en l'égayant, puisqu'il faut lui dispenser un lot de choses amusantes, vous l'amusez tant et plus, et vous le faites, je l'avoue, avec un brio remarquable. Car, quoi que j'aie pu affirmer dans mes premières lettres, vous êtes doué d'un génie comique assez rare. En déclarant une guerre ouverte à l'esprit de sérieux, vous faites un sort, Monsieur, à toute gravité affectée, à toute pompe, à tout artifice cherchant à faire impression auprès des lecteurs naïfs et à les mieux embobiner. En vous riant en même temps du rire qui méprise et humilie, de ce rire dont constamment vous mettez

en lumière la bassesse, vous faites résonner un rire qui pulvérise tout ricanement aigre et toute moquerie fielleuse plus efficacement que tout discours.

Vous ne ménagez pas votre peine, disais-je, pour amuser votre lecteur par toutes sortes de cruautés (les lecteurs, vous le savez, en sont gourmands ; ils aiment les récits où les hommes s'entre-assassinent, cela vient meubler leur désert et les dispense de penser), et toutes sortes d'aventures plus fantasques et saugrenues les unes que les autres.

Des nobles entreprises du Quichotte et de ses infortunes, vous faites du grand spectacle, un péplum à la fois kitsch et sublime (pas étonnant que Terry Gilliam en ait tiré un film, après un premier échec parfaitement donquichottesque), avec coups de théâtre, exploits acrobatiques, combats échevelés, débandades foireuses, gags en série, quiproquos à la pelle, facéties, *burlas*, cocasseries, chausse-trapes, empoignades burlesques, retournements inattendus, passages à tabac, etc.

Pour résumer : de l'humour, des rires, du sang, de la castagne et une grande confusion.

Bref, vous écrivez une série d'aventures qui feraient passer pour de la guimauve la tragédie du *Cid*, et Hubert Bonisseur de La Bath alias OSS 117 pour une femmelette.

Mais c'est pour mieux nous administrer votre potion hautement dégrisante.

Car sous le couvert du rire et des amuseries, vous distillez, sans y paraître, quelques vérités éminemment corsées.
Vous nous faites ensemble rire et philosopher, cher Monsieur. C'est une chose peu commune.
Et si votre lecteur rit si fort en 1604 (un peu moins aujourd'hui, pour des raisons qu'il serait passionnant de comprendre), c'est peut-être aussi pour dissimuler le désarroi que ces vérités lui inspirent.
Car vous lui dites, jusqu'à l'insupportable, la violence implacable, oppressive, oppressante qui règne dans la catholique Espagne du roi Philippe II et de son successeur Philipe III.
Un festin de violences, Monsieur, une débauche de sévices effroyables qui ont fait dire à Nabokov que *Don Quichotte de la Manche* était l'un des livres les plus durs et les plus barbares qu'on n'ait jamais écrits.
Violences dont l'atrocité des combats, les férocités fauves, les raffinements de cruauté et les traitements mortifiants que vous nous décrivez dans le détail, page après page, et comme à plaisir, donnent toute la mesure.
Violence à l'endroit de tout geste et de toute parole venant déroger à la stricte orthodoxie catholique.
Violence des maîtres envers leurs subordonnés, et des subordonnés entre eux, violence venant confirmer ce que le génial La Boétie avait écrit quelques années avant vous : à savoir que, non seulement la

domination dénaturait et corrompait les hommes au point de leur faire aimer leur propre servitude, mais qu'elle dénaturait et corrompait du même coup les relations entre eux.

Violence envers les galériens inhumainement enchaînés.

Violence horriblement dégradante envers les fous qu'on enferme : infortune que vous réservez au Quichotte au chapitre XLVI de la première partie : mains ligotées, couché sur un tas de paille, séquestré comme une bête dans une cage ambulante, et dans un état tel qu'il ne pourrait être reconnu par sa propre mère, dites-vous, sec, jaune, décharné, les yeux enfoncés jusqu'au fond de la cervelle, ne pouvant ni bouger, ni se défendre, ni déféquer. Car le Quichotte, vous nous le rappelez fort judicieusement à cette occasion, éprouve le besoin de déféquer à la différence du merveilleux Amadis de Gaule qui, lui, n'est jamais saisi d'une aussi scabreuse et malséante envie. (Il est à remarquer que les Espagnols sont connus pour aborder sans la moindre périphrase ni la moindre pudeur tout ce qui relève des besoins dits naturels : pipi caca popo, comme s'ils se vengeaient, par ces protestations corporelles, de la pureté religieuse imposée à leur âme depuis des lustres.)

Violence religieuse et violence de la censure évoquées muettement tout au long du roman.

Violence faite aux femmes dont témoigne cet épisode historique glané au cours de mes recherches et que je rapporte ici parce qu'il suggère à merveille l'humeur du monde dans lequel vous vivez : le roi Philippe II, quatre fois marié (la quatrième avec sa nièce qu'il a subtilisée à son fils) envisage, à cinquante-quatre ans, de convoler en cinquièmes noces avec la sœur de la reine défunte à peine âgée de quatorze ans. Mais il voit son projet tomber à l'eau, la prétendante, épouvantée à l'idée d'être l'objet d'un achat, d'une acquisition, d'un troc, je ne sais quel terme employer, ayant préféré se reclure dans un couvent des Clarisses plutôt que de consentir à une aussi sordide manigance.

Violence à tous les étages, dans tous les registres, sous toutes les formes et toutes les combinaisons, violence féroce, venimeuse, sans limites, dont aucun écrit encore, il me semble, n'avait témoigné jusqu'ici avec cette atroce précision, et qui augure du pire pour les temps qui vont suivre.

Violence à laquelle les hommes sont si accoutumés qu'ils n'en perçoivent nullement l'abjection et qu'ils reproduisent sans même en avoir conscience.

Pire encore : cette violence qu'ils exercent sur les autres semble les distraire un instant de leur propre impouvoir et de leur sentiment de ne compter pour rien, en même temps qu'elle éveille au fond d'eux je ne sais quelle horrible volupté.

Mais si votre roman est obscurci par la violence, Monsieur, il l'est peut-être davantage par la désillusion, *el desengaño*, que vous nous faites sombrement partager.

Désillusion devant l'impuissance du Quichotte à changer le monde par la seule force de son désir.

Désillusion de constater, à chaque nouvelle aventure, que l'ignorance est une force, et la violence son alliée.

Désillusion devant les hommes en général, menteurs, pervers, ingrats, cruels, prédateurs, presque tous occupés au mal et presque tous rivalisant de haine, qu'ils soient opprimés ou oppresseurs, puissants ou gueux, chétifs ou athlétiques.

Et comme vous n'écrivez pas pour les vigiles de la bien-pensance et que vous ne cherchez nullement à les amadouer, encore moins à les séduire, vous n'hésitez pas à décrire la rancœur féroce et désespérée à laquelle sont en proie les plus déshérités, reproduisant ainsi, consciemment ou inconsciemment, la domination qu'ils ont intégrée au plus intime d'eux-mêmes comme une chose inéluctable (qu'ils perpétuent parfois avec empressement) et telle que Dieu l'a voulu. Ainsi soit-il.

Cette haine infiniment remâchée de certains humiliés, cette amertume de ceux qui, condamnés à n'être qu'impuissants, n'ont d'autre salive que le fiel et d'autre consolation que la haine, quelques penseurs après vous lui donneront le nom de ressentiment.

Dans la pratique du vice, Sancho, il y a toujours un je-ne-sais-quoi d'agréable ; seule la jalousie n'amène qu'ennuis, rancunes et violences.

Et cette rage d'accuser, de récriminer et de punir qui se repaît de décris, de vindictes et de jalousies inavouées, cette maladie de l'âme, ce cancer proliférant, cher Monsieur, infiltre aujourd'hui ce monde qui est le nôtre, tandis que le souvenir nostalgique de révoltes menées dans la joie, l'assentiment à la vie sous toutes ses couleurs (des plus tragiques aux plus joyeuses) et une clairvoyance exempte de toute acrimonie, s'efface lentement de ma mémoire. Ces révoltes idéales, les ai-je rêvées ?

Faibles et forts, fermiers et domestiques, duchesses et paysannes, vous donnez la voix au peuple en son entier. Et vous arrachez ainsi à l'invisibilité littéraire une partie de ceux qui le constituent : muletiers, soldats, barbiers, aubergistes, comédiens, vachers, chevriers, montreurs de marionnettes, meuniers, valets, forçats évadés, argousins, juge, bedeau, curé, chanoine, ducs et duchesses infâmes autant que distingués, gentes dames, duègnes, rombières, pécores, paysannes, demoiselles naïves, ou aguicheuses, ou amoureuses, ou malveillantes, ou débauchées, ou féministes, ou minaudières, ou mauresques par le sang mais Dieu merci chrétiennes dans leur âme, morisques frappés de bannissement depuis 1610 et obligés de se déguiser pour échapper à l'édit d'expulsion, bandits pendus haut et court à des arbres, vauriens au grand cœur... toute cette faune espagnole bigarrée, pittoresque, qui

vit sous le règne des Philippe, avec ses préjugés, ses roueries, ses brutalités, ses grotesqueries et, plus rarement, ses élégances.
Si vous n'en faites pas une description parfaitement exacte, si vous brodez, falsifiez et exagérez à plaisir, car vous n'êtes pas notaire ou huissier que je sache, mais bel et bien écrivain, vous savez superbement suggérer le sombre et pesant climat qui règne dans cette Espagne du Siècle d'or.

Désillusion, disais-je. Mais la plus cruelle de toutes est celle dont vous accablez le Quichotte lui-même à l'approche de la mort. Et bien que j'aie toujours le plus grand mal à consentir à ce final, bien que je le déteste, bien que je le maudisse, bien que je le refuse de tout mon être, bien qu'il signe pour moi la défaite absolue du Quichotte et la nôtre du même coup, je me vois bien forcée de l'accepter comme tel.
Permettez-moi de vous le rappeler.
Le Quichotte, dans les dernières pages du roman, est vaincu à Barcelone par le chevalier à la Blanche-Lune qui n'est autre que le bachelier Samson Carrasco, lequel analyse toutes choses avec une intelligence aiguë teintée de scepticisme. Celui-ci, inquiet du comportement du Quichotte comme le sont tous ses amis et voisins, n'a trouvé d'autre moyen, pour le faire revenir chez lui, que de le défier en un combat singulier,

et de lui faire promettre, s'il le perdait, de demeurer dans son village une année entière sans en bouger.
C'est, pour le Quichotte, la défaite de trop.
Le coup de grâce.
De retour dans ses murs (j'allais dire dans sa tombe), le corps pitoyable et l'âme tarie, le Quichotte, écrivez-vous, pris d'une forte fièvre, s'alite, reçoit les visites du curé, du barbier, et du bachelier Samson Carrasco, tandis que sa nièce, sa gouvernante et Sancho pleurent sincèrement et se morfondent (chagrin qui n'entame en rien, notons-le, l'appétit de Sancho qui s'empiffre avec un plaisir non dissimulé).
Dans les dernières heures qui lui restent à vivre, le Quichotte, très abattu, réalise brusquement qu'il s'est fourvoyé, et que son entreprise ne fut jamais qu'un projet insensé, une consolante chimère, une tromperie parée des plumes flatteuses de la littérature.
Avec une ardeur toute juvénile, il s'était acharné à greffer sur la réalité le songe magnifique que les romans de chevalerie lui avaient soufflé. La Mort, qui se fait pressante et devant laquelle on ne triche pas, l'amène à présent à considérer ce projet, qui le tint longtemps vivant et éperdument passionné, comme une mystification destinée à masquer la laideur du réel, comme un miroir aux alouettes, un leurre consolant, une protestation vaine portée par un idéalisme à deux balles, une insurrection de comédie telle que les hommes s'en

paient de temps à autre, c'est moi qui, par dépit, en rajoute.
Je reconnais que leur contenu (les romans de chevalerie) *n'était qu'absurdités et mensonges ; je regrette seulement de l'avoir compris trop tard...*
Ce rêve si beau, si vaste, qui avait donné un sens à sa vie et l'avait enchantée en l'ouvrant au grand large, mais dont les efforts pour le concrétiser l'avaient fait souffrir au-delà de ce qu'un humain peut souffrir, ce rêve, à présent il l'abomine, c'est le mot dont il use.
Il le regarde comme une folie dangereuse.
Il le bafoue, le répudie.
Et le brise, au risque de se briser lui-même.

Les ténèbres approchent, la nuit terrible et définitive va bientôt tomber. Le Quichotte appelle alors à son chevet ses amis : le curé, le barbier et le bachelier Samson Carrasco, et s'écrie, à leur grande surprise, qu'il n'est plus don Quichotte, mais le Alonso Quichano qu'ils ont toujours connu, lequel a mérité par sa conduite tout au long de sa vie de s'appeler le Bon. Puis il demande à confesser ses fautes, recommande son âme à Dieu, et fait rédiger son testament par le notaire en stipulant que Sancho pourra conserver pardevers lui la somme d'argent qu'il lui a confiée, et que sa nièce Antonia Quichano héritera de sa fortune à la condition expresse qu'elle ne prenne jamais pour époux un lecteur de ces maudits romans de chevalerie.

Devant ses proches réunis, il reçoit les derniers sacrements et condamne encore, avec ce qui lui reste de force, ces livres qui l'ont scandaleusement abusé.

Le Quichotte a joué la partie et perdu.
Échec total.
Capitulation sur toute la ligne.
Le Quichotte sombre, et son rêve sombre avec lui.
Il ne lui reste plus rien à présent, rien sinon quelques instants de vie privés de tout espoir.

Le temps est venu, pour lui, de mourir.
Et pour moi, de désespérer, cher Monsieur.

14

Je vous disais hier combien j'admirais la façon dont, en portant sur vos créatures un regard ambigu (rieur souvent, malicieusement cruel parfois, mais presque toujours bienveillant en dépit de ses apparences et empreint d'une secrète affection paternelle), vous parveniez à instiller certaines vérités bien plus efficacement que par un prêche docte et impeccablement démonstratif.

Mieux encore, vous réussissez la gageure de situer à la même hauteur la langue élégante du Quichotte (régulièrement épicée de quelques jurons véhéments) et le parler savoureux de Sancho qui malmène allègrement la langue convenue et juge peu recommandable – pour ne citer qu'un exemple entre mille – « le comput » de Ptolémée évoqué par son maître : *con, pute, et j'en passe* ! Les mots de votre temps étaient scindés en classes, les uns arrogants et huppés, les autres tout en bas, juste bons à jeter aux égouts. Vous les rendez, Monsieur, « égaux, libres et majeurs ». Et nous prenons un grand plaisir à déguster une langue qui, tout en bousculant les cloisons en vigueur, nous régale en nous découvrant la pluralité de ses registres.

Mais votre mérite le plus grand à mes yeux tient au fait que, en ne détournant pas votre regard du terrible, en n'atténuant jamais les noires aspérités du réel, en rendant compte sans sourciller de la part nocturne des hommes, vous avez permis à la littérature de faire un bond considérable, dont nous ne sommes pas encore tout à fait remis.

Je ne peux m'empêcher de vous rapporter cette phrase d'un de mes écrivains préférés et qui vous doit beaucoup comme il l'a souvent déclaré : William Faulkner, qui vécut de 1897 à 1962 et sut trouver des mots bouleversants pour dire les idiots, les reclus, les mal-nés, les déchus, les perdants, les octavons et octavones, et tous les damnés de l'État du Mississippi, Amérique :

« Écrire c'est comme craquer une allumette au cœur de la nuit en pleine forêt. Ce que vous comprenez alors, c'est combien il y a d'obscurité partout. La littérature ne sert pas à mieux voir. Elle sert seulement à mesurer l'épaisseur de l'ombre. »

Vous surprendrais-je, Monsieur, si je vous disais que l'évocation que vous faites tout au long du roman de cette « épaisseur d'ombre », de ces eaux noires où les hommes s'abreuvent et très souvent se noient, me paraît presque enviable parce que clairement énoncée et parfaitement assumée plutôt que maquillée, tournée en dérision ou honteusement omise.

C'est en vous relisant, il y a deux mois, que je le réalisais.

J'avais étudié votre livre à vingt ans parce qu'il faisait partie d'un programme universitaire (j'étais alors inscrite en licence de lettres à la faculté de Toulouse), et n'y avais porté qu'une attention distraite.

Je le relis passionnément aujourd'hui, et il ne me quitte plus. Car il se révèle, pour mon bonheur, sous un jour entièrement neuf et extraordinairement stimulant, son mouvement en moi ne cessant de s'amplifier, de rebondir et d'éveiller mille résonances et tout un monde de pensées, d'images et de questionnements.

Parce que j'ai, depuis ma première lecture, enjambé presque cinquante années – le temps de comprendre –, et que votre livre m'atteint à une distance de plus de quatre siècles, il m'apparaît à présent comme une évidence que cette noirceur, cette férocité, cette violence aride que vous ne cessez de décrire est encore, encore, encore et toujours la nôtre.

Je sais qu'il est facile d'ébaubir avec cette idée paresseuse : que l'on peut reporter le passé au présent et repérer entre les deux toutes sortes de ressemblances, que notre Histoire est rabâcheuse et manque singulièrement d'esprit inventif, que les peuples sont pareillement lâches devant leur maître du moment, et que les loups restent des loups quelles que soient les chatteries qu'on leur fasse.

Je réaffirme donc qu'il n'est pas question, pour ma part, de comparer à toute force votre époque avec la mienne. Votre livre simplement m'éclaire sur mon actualité, et me révèle (révéler est le mot car votre roman dévoile ce qui était déjà là) que cette violence monstrueuse que vous nous jetez à la gueule s'est continuée jusqu'à nos jours, mais plus endimanchée qu'autrefois, plus subreptice, plus captieuse, plus insinuante et cachant mieux ses dessous sales.

Elle se raffine même au fil des ans et prend cent masques divers en se parant de cent prétextes.

Violence que nous avons eu le tort de ne pas repenser de fond en comble après l'infamie sans nom de la Shoah. Car je ne suis pas sûre que nous puissions un jour nous relever de cette horreur.

Violence coloniale longtemps enfouie et longtemps tue, mais qui commence, lentement, difficilement, à se dire : massacres, spoliations, travaux forcés, fers de contention, traitements infamants, et pire encore.

(Me voici embarqué, sans en avoir eu au départ l'intention, dans un écrit qui s'engouffre irrésistiblement dans la brèche du politique. Mais comment faire autrement ? Comment évoquer le parfum entêtant des lilas quand ce sont des angoisses qui en nous et hors de nous fleurissent ? Je poursuis donc mon exposé sur la brutalité des temps qui sont les nôtres, au risque de vous assombrir, cher Monsieur, vous qui aimez tant les rires et qui savez vous amuser de tout.)

Violence, disais-je, à l'endroit des étrangers, des Noirs, des Arabes, des Juifs, des Roms, des pédés, des transgenres, des femmes, des enfants, des fous, des borderline, des pauvres... régulièrement dénoncée et régulièrement reconduite.

Violence faite à tous ceux considérés comme inutiles à la prospérité du capital et qu'on traite comme des chiens ou qu'on intègre en se pinçant le nez parce qu'ils font tout de même fonctionner la machine.

Violence à l'égard des fous, je connais assez bien le sujet : privation de liberté, camisole chimique, pilules engendrant une fatigue de mort et sentiment d'être désintégré de l'intérieur ou douloureusement absent à soi.

Violences policières légitimées, confortées et quelquefois flattées par les gouvernements (qui en ont peur), contre violences sociales sécrétées par ces mêmes gouvernements (qui en ont tout aussi peur), l'une alimentant l'autre, l'une incriminant l'autre, l'une exécrant l'autre, et réciproquement. Cycle sans fin. Cycle infernal.

Violence d'un nouvel ordre moral chaque jour plus moralisant, agressif, intransigeant, prêché par les nouveaux croisés de l'Empire du Bien, et qui, au moindre écart, accusent le déviant et sévèrement le condamnent.

Une forme d'Inquisition, cher Monsieur. Une Inquisition moderne qui prospère, semble-t-il, de façon inquiétante, réclamant tous les droits mais pour mieux étouffer les opinions contraires, une Inquisition d'autant plus pernicieuse qu'elle revêt les aspects de la Vertu outragée.
Violence du numérique qui agit de telle sorte que le virtuel nous tient lieu désormais de réel, violence de la mise sous surveillance du monde qu'elle permet et renforce, violence des haines qui déferlent sur ses réseaux, violence de la transparence tyrannique qu'elle impose et à laquelle les hommes se prêtent avec délectation étalant leur petit monde intime avec la même impudeur béate que les exhibitionnistes exhibent leurs attributs.
Violence d'une concurrence féroce dictée par le marché, et appliquée, sans honte et sans limites, à tout, à tout, à tout.
Violence banalisée, massive, mondiale, et à laquelle nous nous accoutumons comme à un poison dilué. Si bien que seuls les désastres écrasants parviennent à nous émouvoir. Et encore.

Face à ces temps sauvages, nous espérons toujours que des don Quichotte nouveaux tournent enfin leur colère contre nos dieux de plâtre, et nous ouvrent la marche.

« Don-Quichottes nouveaux qui tournaient leur colère
Contre les dieux de plâtre et l'ombre des statues

Nous étions quelques-uns que ces jours assemblèrent
À mettre dans l'injure une étrange vertu. »

Ces don Quichotte existent aujourd'hui, je le crois, je le veux, je l'espère. Des don Quichotte minuscules, esseulés, anonymes, tout en courage et le front haut, et qui peut-être un jour ligueront leur ardeur.
Je pense souvent à ce garçon de café qui, parce qu'il s'était entretenu trop longuement avec quelques clients attablés, se fit semoncer vertement par le patron du bar où je prenais un verre. Devant ce reproche public, le garçon de café fit ceci : il enleva cérémonieusement son tablier, le plia cérémonieusement, le déposa cérémonieusement sur le comptoir derrière lequel s'agitait le patron, et d'une voix suffisamment forte pour qu'elle fût entendue de tous, il lança à ce dernier : « Je vous rends mon tablier, monsieur. Vous pouvez garder la monnaie ! » Et, à la stupéfaction du patron et de tous les clients présents, il quitta le bar sur son cheval imaginaire, le port altier et le visage fier.
Je pense à Nelson Mandela prenant le risque de brûler publiquement en 1960, avec une magnifique insolence, le passeport intérieur que tous les noirs d'Afrique du Sud étaient contraints de porter sur eux sous peine d'être arrêtés. Ce geste marquera le passage à la lutte armée contre l'apartheid, les stratégies non violentes appliquées jusqu'alors n'ayant mené à rien.

Je pense à Tommie Smith, John Carlos et Peter Norman qui, le 17 octobre 1968, lors de la remise des médailles du 200 mètres aux Jeux olympiques de Mexico, levèrent, à la barbe des officiels, un poing ganté de noir, en signe de solidarité avec les Afro-Américains dans leur lutte pour les droits civiques. Tommie Smith et John Carlos seront immédiatement bannis du village olympique et interdits de compétition à vie aux États-Unis. Peter Norman subira lui aussi un véritable ostracisme en Australie et ne sera jamais plus sélectionné.

Je pense à ma mère de dix-sept ans qui, partie à pied de sa Catalogne natale en janvier 1939, affronta seule, après des jours et des jours de marche dans le froid et avec une volonté qui jamais ne flancha, un pays, la France, dont elle ignorait absolument tout. Je convoque son cran, sa détermination et cette dignité qui la tenait si droite, chaque fois que je me sais fragile et prête à renoncer.

Je pense à ces autres audacieux, ces chevaliers errants de la littérature que furent Baudelaire, Rimbaud, Nietzsche, Joyce, Faulkner... pour ne citer que quelques-uns qui parlent à mon cœur.

15

Le monde entier, cher Monsieur, s'est emparé de don Quichotte et n'a cessé, depuis quatre siècles, de le célébrer et le couvrir d'éloges, je suis infiniment heureuse de vous l'annoncer.

Les romantiques ont vu en lui un rêveur aux yeux grands ouverts, un poète qui parlait la langue de l'âme ;

Les réalistes, la figure amusante et inoffensive de la déraison ;

Les doctes, l'occasion de doctifier sur le perspectivisme ou n'importe quelle autre spéciosité pourvu qu'elle soit fastidieuse ;

Les philosophes, le prétexte à s'interroger sur l'inépuisable et béante question du mal, les rapports entre raison et folie, entre utopie et pragmatisme, entre individu et société ;

Les linguistes, matière à réfléchir sur le divorce entre les mots et les choses ;

Les littérateurs, la lutte fratricide entre la poésie incarnée par Quichotte et la prose portée par Sancho ;
Les freudiens, la toute-puissance du désir infantile ;
Les amoureux de la liberté, leur flambeau ;
Les homosexuels, un homosexuel ;
Les rebelles, leur étendard ;
Les idéalistes, leur champion ;
Les exilés, leur emblème.

Tous l'ont pris en otage, ont cherché en lui la confirmation de leurs thèses ou de leurs croyances, et l'ont plié à leur usage avec plus ou moins de ménagement. Et moi qui vous parle, je fais de même.

Ceux qui lui auraient tourné le dos s'ils l'avaient rencontré dans ce qu'on appelle la vraie vie, ceux qui l'auraient moqué, hué, chassé ou tourné en dérision, les pleutres qui l'auraient fui à toutes jambes, les bigots qui se seraient étranglés à ses scuds, les sages qui l'auraient pris pour un égaré, les procureurs pour un délinquant, les psychiatres pour un schizophrène, les fielleux pour un pauvre pitre, les ignorants pour un imbécile, les rigides pour un extravagant... tous ceux-là se sont émerveillés ou ont feint de s'émerveiller devant votre Quichotte et lui ont construit un piédestal.

La société injuste contre laquelle il se battait, cette société, portée par une morale égoïste, goulue et intolérante dont il voulait anéantir les abus, lui a tressé une couronne.

Elle a fait de cette figure éprise de perfection, de ce colérique, de ce redresseur de torts engagé dans une lutte sans merci pour amender le monde, un personnage culte, un monument sacré, une légende universelle.

Est-ce pour mieux récupérer cet irrécupérable ?

Et mieux lui fermer la gueule ?

Il m'arrive de me demander si son sacre et les célébrations qui se succèdent depuis quatre siècles, souvent conçues d'ailleurs par des bureaucrates assis dans des bureaux feutrés, n'ont pas contribué à l'affadir, à l'émasculer, à lui ôter ses forces explosives, à oblitérer son inlassable pouvoir de subversion, ainsi qu'à dénier la redoutable actualité de ses colères.

Il m'arrive de me demander, cher Monsieur, si la gloire qu'il a acquise n'a pas, au fond, fait de lui un personnage tellement inoffensif que l'on peut, sans scandale, évoquer ses aventures dans les écoles primaires.

On continue, en effet, à raconter aux enfants que cet original prenait de simples moulins à vent pour des géants redoutables, et les enfants de s'esclaffer. C'est d'ailleurs le seul épisode du livre que les professeurs commentent à leur adresse et le seul, souvent, que les adultes retiennent et qui les dispense de l'entièreté du roman.

Contre ces lectures hâtives, sommaires ou paresseuses, je voudrais, cher Monsieur, après Spinoza (qui vous plaçait plus haut que Platon), après Laurence Sterne (qui préférait votre Quichotte aux plus grands héros de l'Antiquité), Montesquieu (qui disait : Les Espagnols n'ont qu'un bon livre, celui qui a montré le ridicule de tous les autres), les frères Schlegel, Schelling, Victor Hugo (qui vous classait parmi les grands génies aux côtés de Homère, Dante, Rabelais et Shakespeare), Verlaine, Balzac (qui trouvait votre Quichotte sublime), je cite ces auteurs en vrac, Flaubert (qui savait votre livre par cœur avant de savoir lire), Chesterton, Sainte-Beuve (qui l'appelait la Bible de l'humanité), Apollinaire, Nabokov, Tourgueniev, Dostoïevski (qui salua le plus grand et le plus triste de tous les livres), Rubén Darío, Carlos Fuentes, Jorge Enrique, Torrente Ballester, Franz Kafka, Herman Melville, Mark Twain, Dickens, Joyce, Thomas Mann, William Faulkner (qui lisait votre livre tous les ans), Bergson, José Saramago, Günter Grass, Gabriel García Márquez (qui en savait lui aussi des chapitres par cœur), Miguel de Unamuno, Goytisolo, Borges, Cendrars, Cioran (qui traitait le Quichotte d'hystérique), Camus, Aragon, Michel Foucault, Georg Lukács, Julián Ríos, Arrabal, Montherlant, Thomas Pynchon, Michel del Castillo, Le Clézio (qui déclara que votre livre était le plus inventif du monde), Jean Canavaggio, Salman Rushdie, et tant et tant d'autres, mais, tiens, pas d'écrivaines que je connaisse, pourquoi ? il serait passionnant de comprendre pourquoi, je voudrais, avec une mauvaise foi amoureuse dont je suis tout à fait consciente, je voudrais prendre une part, si mince fût-elle, au projet de restituer au personnage du Quichotte son incorrigible bonté, sa radicale insubordination et son courage si généreux.

Et vous dire, cher Monsieur, que don Quichotte est notre frère. Notre frère rêveur en un monde brutal, notre frère insurgé en un monde avachi, notre frère indocile, rageur, intempestif, tumultueux, incandescent et qui dit non (un non désespéré parfois), qui dit non à l'insupportable injustice, comme à l'indifférence blasée ou au consentement mou à ce qui pourrait un jour nous mener cap au pire.

Ce frère, cher Monsieur, cette pure figure de fiction, cette pure figure poétique, nous est une présence chaque jour plus nécessaire et plus précieuse.

Car c'est grâce aux brèches ouvertes par le Quichotte et les allumés de son espèce dans les murs qui nous cernent, que notre monde reste encore vivable et encore désirable.

Monsieur de Cervantes, merci.

L'ingénieux Hidalgo Don Quichotte de la Manche (1605, 1615), de Miguel de Cervantes, est cité d'après la traduction d'Aline Schulman, Seuil, 1997.

Bibliographie complémentaire

Louis Aragon, « On vient de loin », in *Les Yeux et la Mémoire*, Gallimard, 1954.

Charles Baudelaire, « L'Albatros », in *Les Fleurs du mal* (1857), Gallimard, 1972.

Victor Hugo, « Réponse à un acte d'accusation », in *Les Contemplations*, (1856), Gallimard, 1973.

Friedrich Nietzsche, *Le Gai Savoir* (1882), in *Œuvres complètes*, vol. 8, traduction d'Henri Albert, Mercure de France, 1901.

Arthur Rimbaud, *Une Saison en enfer* (1873), Gallimard, 1973.

François Villon, *La Ballade des pendus* (1463), in *Poésies*, Gallimard, 1973.

Voltaire, lettre à d'Alembert du 7 août 1766, in *Correspondance*, tome VIII, éd. de Théodore Besterman, Gallimard, « Bibliothèque de la Pléiade », 1983.

Du même auteur

La Déclaration
Julliard, 1990
Verticales, 1997
et « Points », n° 598

La Vie commune
Julliard, 1991
Verticales, 1999
et « Folio », 2007

La Médaille
Seuil, 1993
et « Points », n° 1148

La Puissance des mouches
Seuil, 1995
et « Points », n° 316

La Compagnie des spectres
prix Novembre
Seuil, 1997
et « Points », n° 561

Quelques conseils utiles aux élèves huissiers
Verticales, 1997

La Conférence de Cintegabelle
Seuil / Verticales, 1999
et « Points », n° 726

Les Belles Âmes
Seuil, 2000
Corps 16, 2001
et « Points », n° 900

Le Vif du vivant
(dessins de Pablo Picasso)
Cercle d'art, 2001

Et que les vers mangent le bœuf mort
Verticales, 2002

Contre
Verticales, « Minimales », 2002

Passage à l'ennemie
Seuil, 2003
et « Points », n° 1252

La Méthode Mila
Seuil, 2005
et « Points », n° 1513

Dis pas ça
Verticales-Phase deux, 2006

Portrait de l'écrivain en animal domestique
Seuil, 2007
et « Points », n° 2121

Petit traité d'éducation lubrique
Cadex, 2008, rééd. 2010,
et « Points », 2016 (nouvelle édition)

BW
prix François-Billetdoux
Seuil, 2009
et « Points », n° 2886

Hymne
Seuil, 2011
et « Points », n° 2885

7 femmes
Perrin, 2013
et « Points », n° 3342

Pas pleurer
prix Goncourt
Seuil, 2014
et « Points », n° 4142

Tout homme est une nuit
Seuil, 2017
et « Points », n° 4894

Marcher jusqu'au soir
Stock, 2019
et « Points », n° 5147

RÉALISATION : NORD COMPO À VILLENEUVE-D'ASCQ
ACHEVÉ D'IMPRIMER SUR ROTO-PAGE
PAR L'IMPRIMERIE FLOCH À MAYENNE
DÉPÔT LÉGAL : AOÛT 2021. N° 147713 (98301)
Imprimé en France